JN138674

島根半島四十二浦

七浦巡り

万葉花 旅日記

（片句～坂浦編）

Ⅳ

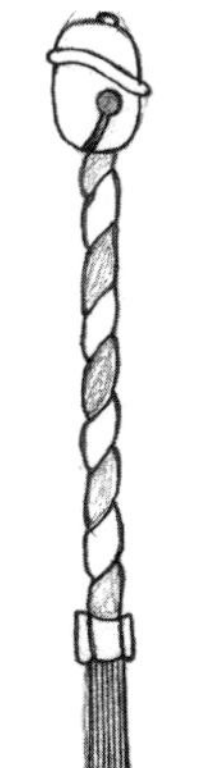

原 美代子

心旅の四十二浦

古浦　義己（『湖都松江』編集委員）

島根半島における四十二浦巡りは、信仰の心から生まれた巡礼であり、江戸時代の頃から始まった習俗であると聞くが、以後、多くの庶民のなかに広まり深まっていった。その人達が浦から浦へと巡るとき、信仰の軌跡も豊かになろう。

著者である原美代子さんは二十年以上も前に四国八十八ヶ所の霊場を歩かれたというから、それが物語の出発点であろう。

島根県民の歌「薄紫の山脈」の歌詞に「磯風清き六十里」とあるのは海岸線の距離をおおまかに表現したもので、キロ数にすれば二百四十キロになる。そのうち四十二浦の東端福浦から西端の日御碕までの直線距離は六十キロを超えよう。浦々の道は直線ではないから、実際に原さんが取材のために訪ね歩いた距離は長大なものだ。

薄幸の女主人公が歩むこの物語は小説の形をとりながらも、浦々はもとより巡礼の道理や意味することを読み手に分かってもらうために、実証的な研究も加味されてよい面もあろう。しかし、研究者ではない著者には、一人の専門家のためではなく百人の市井の人達に読んでもらいたいという視点と姿勢がある。そのため登場する女主人公と浦々の物語の間に垣間見える霊異の世界も興味深いものとして書かれている。それは著者が持つ本来の姿として、読み手に反映すると思うのである。

かつて四十二浦巡り研究会創立に深く関わられた原美代子さんによる物語も、浦々にある神社を訪ねて汐を汲み、そして祈る「心旅」といえる。主人公は、苦難を乗り越えて幸せを求めて行こうと語りかける。いずれもキーワードは、人としてなおざりにしてはいけない信仰である。

平成二十五年に原さんは、『島根半島四十二浦 七浦巡り万葉花旅日記』の一冊目で、全国新聞社出版協議会による「第五回ふるさと自費出版大賞」において優秀賞を得た。そこから始まったこのシリーズは、本書で二十八浦を巡ったことになる。残る浦は僅かとなり、到達点が見えてきた。山あり谷ありの万里の長城を巡るがごとく、長期間に及ぶ取材を進めながら長編を書き続ける努力に敬意を表し完結を待ちたい。

・イラストマップ作成
・挿絵　　　原　美代子

ウメは松江の業者である客に出すお茶の準備をしながら、ふと、四回目になる島根半島四十二浦巡りのことを考えました。

三回目の結願を終えてから一年半ばかりの歳月が過ぎてしまったことに、改めて気づかされたのです。

もくじ

旅立ち

厚い和綴じの書物を閉じるように夏の終わりが来たと思っていましたが、それでもまだ生ぬるい湯につかっているような熱を帯びた空気が体にまとわりついてきます。

　夏が早く背を向けて行ってくれるといいのだがと、名残り惜しそうに暑さが居座るような空を影の私は見上げました。鳥の産毛を撒き散らしたような幾つかの白い雲が、島根半島の背骨とも呼ばれる北山の空に浮かんでいます。その下に広がる鈍色（にびいろ）の鏡にも似た宍道湖では、蜆を採っているのでしょうか、幾艘かの小舟が鋤簾（じょれん）を引きずりながらゆっくりと孤を描いていました。

　宍道湖北岸の山間（やまあい）の道を、肥桶を積んだ荷馬車が行きます。色とりどりの何やら分からぬ模様が背中に染め抜かれた長袖シャツを着て、ハンチングを頭にのせ乗馬ズボンを穿いた、なんとも粋な恰好の男が手綱を握り馬を

操っていました。肥桶の傍らに俯いて座っている女の巡礼が一人、馬車の揺れに身を任せています。時折、顔をあげるのですが、とりわけ厭そうな表情でもありません。菅笠に笈摺りを羽織り、手甲と脚絆をつけ、何が入っているのか重そうな頭陀袋を両手で抱えています。女は、四回目になる七浦巡りに旅立ったウメなのです。

三年前の秋のある日、ウメは医王山一畑寺から島根半島四十二浦巡りに旅立ち、美保関の西、福浦という小さな集落から始まった七浦巡りで、三回の結願を終えています。

ウメは大正二年生まれです。ある日、夫の与三郎が海へ漁に出たまま行方知れずになってしまいました。その二年後、再び不幸が訪れます。ウメの不注意から、幼い娘の与志子と一緒に暮らしていた我が家が火事になりました。与志子を助けようと、燃える家の中へ飛び込んで行ったのですが、救い出すことはできませんでした。ウメはその時、炎に炙(あぶ)られて片目が不自由になりました。残る目の見え方も定かではありません。

島根半島には、四十二の浦があり、その浦々で身を清め、汐を汲み、近くにある神社で汐垢離(しおごり)をする慣わしが古くからありました。四十二浦巡りと呼ばれています。

ウメは夫の与三郎の無事を祈り、与志子の供養をするために哀しみを背負いながら、四十二浦巡りを始めました。ウメは、これまでに福浦から始めた四十二浦巡りのうち、御津浦までを終えていました。四回目になる七浦巡りで行くのは、片句、手結、恵曇、古浦、魚瀬、伊野、坂浦の七浦です。

浦巡りを始めれば一週間、いえ、時として半月ばかりも家を留守にするのです。そのため細々(こまごま)

とした家事はむろんのこと、近所にも出かけた後のことを頼まねばなりません。そんな準備をして旅立ちの日を待つのです。

明日は出かけようと考えていた前日でした。朝から晴れた日で、いつものことでしたが義父は海辺で釣りをしていました。ところが何の前触れもなく、突然に義父を襲ったのは心臓の痛みでした。血の気がなくなり青ざめた顔に汗が流れます。心臓発作です。心臓麻痺、心筋梗塞の前兆です。苦しんでいるところを通りかかった漁師が見つけてくれたのが幸いでした。戸板に寝かされて帰って来た時は、ウメも義母も、もう駄目かと思いました。しかし、運よく、その日は出雲の今市からひと月に何回か来てくれる診療所が開いていたので、早い手当をしてもらうことができてよかったのです。何度か危篤ともいえるような日がありはしたものの、四週間ばかり経つと病状は落ち着いてきました。

寝たきりになったのですが、症状は安定し、義母と片言の会話を楽しみながら暮らしています。我が子、与三郎の帰りを待つ気丈夫さが、義父の命を救ったのでしょう。ウメはそう思っています。

裏山か庭からなのか、往く夏の季節を見据えるように、眩暈（めまい）がするほどの油蝉の合唱が聞こえてきました。

朝の食事の片づけをし、洗濯と掃除を終えて縁側に腰を下

ろしたウメを待っていたかのように、庭先で荷馬車が停まりました。義父が廻船問屋を切り回していた頃には、荷馬車を曳く人達はもちろん、いろいろな仕事をしている沢山の人が出入りをしていました。ですが、今は訪れる人が少なくなりました。誰なのだろうと訝しく思いながら立ち上がりました。目が合いましたが、知った人ではありません。戸惑いながら、頭を下げました。

「以前、親方さんにお世話になった者ですがな」

「そうでございますか。あの……」

男は、ウメに後を言わせず続けます。

「この近くへ魚の肥料を買いに来たもんですけん。聞きましゃ、病いで床に臥(ふせ)っておられるとか。ちょっと耳にしたもんで、寄らせていただきました。お見舞いさしてくんなせぇ」

客の男が言うことは、ウメにもよく分かります。ウメの暮らす漁師町のどこの家でも、海藻や魚を腐らせた肥料を作っていました。鰯の群れが湾に入ってくると海が赤くなり、海鳥の大群が飛び交います。それは、巾着漁の始まりを告げることだったのです。

鮮度がすぐ落ちる鰯は、浜辺の小屋の茹で窯で手早く加工されるのですが、大漁で余ったのは腐らせて有機肥料にしました。そんな仕事をする小屋が、浜辺に沿って幾つも建ち並んでいたのです。

干鰯(ほしか)と呼ばれた鰯を干した肥料は、綿の苗が育ってから途中でやる追肥として使われ、綿一本に対して干鰯一匹を土の中に差し込んで肥料にしたといわれます。これを使うと、綿の実が格段に大きく育ち、収穫量も飛躍的に増えるのでした。そんな肥料を求めて、簸川、八束郡、遠くは仁多の山奥辺りからも業者がやって来ます。

義父を訪ねて来た知り合いの人は、松江からでした。農業に関わりのある人達は、どこかの浦で鰯の大漁だという噂があると業者に頼むのです。田畑の肥料といえば、草や落ち葉を堆肥に、人や家畜の糞尿を腐らせたりして使うのですから、土壌を変えるのに鰯の肥料は、大変に役立つのです。

ウメは松江の業者である客に出すお茶の準備をしながら、ふと四回目になる島根半島四十二浦の七浦巡りのことを考えました。三回目の結願を終えてから一年半ばかりの歳月が過ぎてしまったことに、改めて気づかされたのです。義父の病いも少しずつですが良くなってきたこともあり、松江に帰られる荷馬車に便乗させていただくのもいいかもしれないと思いました。

ウメはいつでも出掛けられるようにと、旅支度を整えていましたから、出立は手間をとるこ

とではありません。急に思い立っても間に合うのです。浦巡りのことをかいつまんで話し、馬車に乗せてくれるようにと頼みました。

「しかし、肥桶の荷馬車に乗ってもらうのは、そりゃあ……ちと」

「私はいいのです。乗せていただけさえすれば。助かりますし、それに松江までなので」

「しかし……」

やり取りが聞こえていたのでしょう。義父が寝床から這って出て来ました。

「あ、親方さん。大丈夫ですか、お具合が悪いと聞いておったんですが」

「ちょっと具合が悪くてな。だがたいしたことはないんだ。学さん、頼みます」

男は無沙汰を詫びる言葉を口にし、ウメの頼みは無理だと思うがと言います。義父は体を起こし、胡座(あぐら)をかいて座りました。ウメは、男の名が学さんだと知りました。

「ウメはの、遠出に慣れとる。男まさりのようなもんじゃから、ぜひ乗せてやってくれ」

これまでの義父に似合わず、頭を下げて頼むのです。島根半島四十二浦七浦巡りへの強い思いをウメは感じました。

「それにな、行方知れずになっとる与三郎がの、島根半島のどこぞの港で生きていると信じとるんじゃ」

「与三郎さんのご無事も祈念されるんですか」

「そうだ。船が波に流されての、漂流しとって外国航路の船に助けられ、そのまま働いていると言う人もいるが、今は近くまで帰っていそうな気がしてならんのだ」

義母も鷺浦の港が栄え、廻船問屋を営んでいた頃、幾度となく七浦巡りの旅に出かけていました。そのこともあって、義母は義父の姿に躊躇うことなく同じように頭を下げていました。

「分かりましたで。お手伝いさせてもらいますけん」

学さんは、そんな家族の強い思いに快く応えてくれました。松江まで荷馬車に乗せてくれることを承諾したのです。

学さんは、派手な商売人に見えました。そのせいでもないのですが、ウメはなんとなしに話しかけるのを迷います。ですが、途中で休んだ時に、「大丈夫ですか」と尋ねてくれる優しさに、心を揺れ動かされました。

狭い馬車の台の上では、否応なく手や肩が触れ合います。手綱を引くたびに大きく動く体から、沸きたつような男の匂いがします。陽射しの強いせいばかりではありません。それがウメには、なぜか胸が熱くなり、どきどきしながらも心地よく思えるのでした。

伊野本陣茶屋でひと休みをした時、「ここら辺りはお茶の産地ですよ」と、抹茶と水羊羹を取り寄せてくれました。

ウメの握った若芽と梅干のおにぎりを馬車の手綱を引きながら、旨そうに食べてくれます。

若くは見えるのですが、義父の古くからの知り合いですから歳は六十を過ぎているのかもしれません。それに、ウメには馬車引きの男が持つ得体の知れない別の顔も潜んでいるような気がしているのです。目が不自由だからこそ見える霊感に似たものでしょう。鵜峠にある家の庭先で最初に出会った時に一瞬、それを感じたのですが、ウメの前では義父も馬車曳きもそんな素振りをみせることはありませんでしたから、それまで男のことを忘れていたのです。

古曾志の農家に届け物をするところが一軒あると言うので、神社を過ぎた十字路で、ウメは荷馬車を降りることにしました。ウメは恵曇の方へ行くのです。

この物語は昭和初期のことですが、影の私がこれから語るのは現在です。学さんは松江の忌部村へ行くと言いました。忌部村は戦後の昭和二十六年に松江に合併され開拓村として拓かれた所です。

荷馬車曳きの学さんが肥料を届ける忌部村にある忌部高原は、大東町と玉湯町に隣り合っています。高原は、高さが三百メートル前後のなだらかな丘が続きます。中心になっている二子山は更に高く四百メートルもあり、大山、中海、宍道湖や島根半島の南側をひと目で見渡すことができるのです。ですから、高原のよさを生かした野菜などを栽培しています。

昭和二十年に太平洋戦争が終わり、食糧の自給自足、そして戦災に遭った人達、海外からの引揚げ者などに手を差し伸べるため、開拓事業が行われるようになりました。その一つとして、忌部高原にも開拓農家が集まるようになったのです。

その後、忌部開拓農業の協同組合ができて、高冷地野菜の栽培を中心にした農業が行われてきました。昭和四十年頃には開拓事業も一段落すると、自然休養村の事業が始まり忌部自然休養村ができました。能義郡にあった江戸時代からの豪農屋敷も移され、遊歩道、展望台、キャンプ場、観光農園などが整って、自然に親しめる場所となったのです。

「気をつけて行きなされ。若いのに苦労の多いことだ。気の毒にな。目も不自由だし、女の独り巡礼は大変だ。しかしのぉ、捨てる神もありゃ拾う神もいると言うじゃないですか。世の中、捨てたもんじゃありませんで。俺もそうだった。ところで、ゆっくり歩いてもここから佐陀本郷まで日暮れまでには行けますな」

「そうですね。ここからはそう遠くないのですから」

「佐太神社の前に旅籠が一軒あるで、今晩は泊めてもらいなさいな。困ることでもあれば女将さんに俺に聞いたと話すといい。何かありゃあ、荷馬車で直ぐに行くから。これも何かのご縁ですけん」

商売を生業（なりわい）にしているのですからあちこちに行くので、知り合いも多いのでしょう。ですが、学さんが言う女将さんという言葉には、ただの知り合いではないような気配が感じられました。ウメは、そんな思いを振り払うように学さんに頭を下げ、歩き出しながら学さんのことを考えました。荷馬車を曳いてはいるものの、どことなく落ち着いた感じです。交わす言葉の端々に、普通の人が使わないような口ぶりを感じるのです。いろいろな所を巡り歩くのですから当たり前のことかもしれませんが、行き先の土地のこともよく知っているようです。

荷馬車に乗せてもらっていた短い間でしたが、古くから伝わっている村々の行事、信仰などの謂われ、更には婚姻や葬送のことなどをぽつりぽつりと話すのでした。聞かせるというのではなく、自身に問いかけるような話しぶりだったのです。ウメはそういう人に初めて会ったような気がしました。

夕暮れが近くなり、山の端に近くなった夕陽がウメの襟首（えりくび）を赤く染めています。宍道湖から渡って来た初秋の風が、歩き出したウメの体を心地よく包んでは通り過ぎて行きました。荷馬車の揺れと男の匂いが残っているような気がしているようでウメは何度も振り返りましたが、荷馬車と学さんはもうどこへ行ったのか見えません。

もう山道や湖沿いの危ないところではないのですが、陽が落ちると不自由な目は薄暗くなった道では難儀をします。少し急ぎ足になりました。影の私は、ウメが踏みしめた跡をたどりながらついて行きます。

影の私のことをお話しします。

影の私は、ウメの物語をする私のことで、主人公ウメに寄り添いながら助け、共に四十二浦巡りをするのです。

ウメは無論ですが、この物語に登場する人達の誰にも私の姿は見えませんし、話している言葉も聞こえません。ですから、影の私には、名前もないのです。ウメが考えていることはもちろん、その呟きもどこにいても聞こえますし、ウメが語り足りないところを私が代わりに話すこともできます。

しかも、現在から遠い未来に至るまで全てのことも見通せます。危険が迫れば、それとなくウメに知らせなければなりません。よいことがあれば共に喜び、悲しければウメには分かりませんが一緒に泣きもします。ウメの苦難も自らのこととして味わうのです。そして大事なことは、影の私は、この物語の語り手であり作者で

もあるのです。私は、ウメが四十二浦の全てを巡り終えるまで助ける役目を背負い、この世に生きているのです。

奥出雲の地から出雲平野へと行く斐伊川には、ヤマタノオロチ伝説が水と一緒に流れて行きます。東西南北に幾つもの支流を作り上げながら、大河となって宍道湖に注ぐのです。その水を湛えた美しい宍道湖は、一万年前に出来上がったといわれ、出雲の地に深い関わりがありました。時が経つにつれ様々に表情を変える夕景の美しさは、えも言われぬ見事な一幅の絵です。

雲の切れ間から射す陽の光は神々しささえ感じます。西の空に沈む夕べの太陽の光は、神々が住む天上へ昇る梯子ともいわれます。自然が作り出した壮大な眺めは神の国に通じているからなのです。

ウメは宍道湖に沈む輝く光の中に、与三郎と一緒に佇みたいと思いました。いいえ、そうでなくて、もしかして与三郎はどこかで同じ光景を見ているのかもしれません。影の私は、そう思いながらウメの背中を追って歩みます。

荷馬車を降りたウメは、陽が落ちるまでに、男が教えてくれた佐太神社前の旅籠まで行きたいのです。景色をゆっくり見ているわけにはいきません。少しでも急がねばと、足を早めました。宍道湖の夕陽も沈んだのでしょうか、黒くなり始めた雲の間に朱色の筋を残し、それが少しずつ消えていきます。湖面では、小さな数隻の漁船が帰りを急ぐように櫓の動きが早くなっているようです。

佐太神社（さだじんじゃ）を目指してウメが歩く道に、生い茂った森が影を落としています。そこを抜けると浜佐陀の北へ出ます。陽が落ちるのに合わせているかのように、柔らかく穏やかになった晩夏の風が、重く垂れ下がった銀色の稲穂を揺らしていました。

浜佐陀から神社へ続く古志の辺りは、ひと雨降れば沼地になるようなところでした。田園地帯の真ん中を宍道湖から日本海に注ぐ佐陀川がウメの右側を流れています。茶人大名不昧（ふまい）とも呼ばれた松江藩松平家七代藩主治郷（はるさと）の時代に開削されました。松江城下や宍道湖周辺の村々が、度重なる洪水に見舞われているのを何とかしなければという思いの清原太兵衛が三年にわたって造り上げた運河です。

松江藩の普請方吟味役であった清原太兵衛は、長年にわたって藩に懇願していた佐陀川の開削が認められ、天明五年の一七八五年に工事を始めました。難工事の末、三年近くの歳月をかけて造り上げた佐陀川は、川幅約四十メートル、全長約十二キロにもなりました。その結果、宍道湖の水位は一メートル下がり、開発された新田は二百ヘクタールにもなったと伝えられています。清原太兵衛は、開通式を一か月後にした天明七年、一七八七年の十一月に七十六歳の生涯を閉じました。

清原太兵衛の努力によって、川沿いの村々で大量の米ができるようになると、河口付近には藩の御番所や米蔵が置かれ、通行税の徴収や上納米の集荷も行われました。他の藩との交流が盛んになると船宿もでき、数多くの船が佐陀川を往来し、海運業も栄えました。

明治時代になると、松江大橋の南にあった八軒屋町に船着き場が作られ、佐陀川に合同汽船という会社の松江から恵曇への定期便が始まります。しかし、バスが走るようになると、佐陀川は航路の役目を終えたのです。

夏草が茂った川土手で、ウメは嫁菜の花が群れ咲いているのを見つけました。忙しい日々の暮らしに、野の花を愛でることさえ忘れていたウメは、急かされる心を鎮めながら足を止め、その嫁菜に引きこまれているうちに、万葉集にある柿本人麻呂の歌を思いだしました。

妻もあらば　摘みて食げまし　沙弥の山
　　野の上のうはぎ過ぎにけらずや

道端や空地にさり気なく咲いている秋の花のひとつが嫁菜です。キク科の多年生植物で、野菊とも呼ばれ、花が咲くのは、夏の終わりから秋の終わり頃までの長い間です。白かまたは薄紫の花で、清楚な花ですが、影の私はなぜかこの花を見ると『源氏物語』が浮かびます。夜目

嫁菜（野菊）

万葉歌
妻もあらば　摘みて食げまし　沙弥の山
野の上のうはぎ過ぎにけらずや

菜と書かれることもあり、どうしてこんな文字を使うのか、名前の由来も私は知りません。
高貴とはいえないような花で雑草なのでしょう。地下茎が拡がっているために、抜き捨てるには難しいようです。

万葉集に残る歌から、昔は「うはぎ」と呼ばれ、若芽が食用にされていました。食べたことはありませんが、今も嫁菜ご飯というのが地域によっては食卓に載るようです。

カブやニラ、サトイモなどのほかは、ほとんど野菜類がなかった奈良時代に、嫁菜は貴重な山菜であったと思われます。田畑の畦道などの少し湿った場所を好み、春の若芽の頃は、味がよいことで知られています。食用にする野草の中で一番美味しく、見た目も素朴で、優しそうな花を咲かせるため「嫁菜」という名がついたのかもしれません。

ひと昔前、まるでお嫁さんのことのようねと、姑さんが言われたのを聞いた記憶があるのです。しぶとい根を張り巡らす嫁菜を、どのように譬えたらいいのでしょう。影の私は困ってしまいます。嫁ではなく婿（むこ）菜と呼ばれているシラヤマギクという白い花もあります。二つ並べれば、夫婦（みょうと）菜ということになりそうです。

そんなことを私は思いながら、ウメの後ろで立ち止まり、嫁菜を眺めていました。

佐太神社

影の私が、佐太神社について語りましょう。

出雲国風土記に佐太大神社（さだのおおおみのやしろ）として書かれているのですから、少なくとも七百三十三年の天平五年以前からこの地にあった最も古い神社なのです。出雲国風土記にも書かれていますが秋鹿郡（あきかのこおり）にある神名火山（かむなびやま）と呼ばれる朝日山の懐に鎮座する佐太神社は、勇壮な姿を見せる三殿が並び建つ大社造りで、正殿を中心に南北に二殿が対照的に配置されています。向かって左にある南殿は、通常の大社造りに比べ構造が逆になっていますが、これはほかに類を見ません。

社殿の構成ができたのは、中世の末頃であったようです。社殿には十二柱の神々が

祀られ、鎮座する森からは霊気が立ち込め、古代出雲の姿を彷彿と蘇らせてくれます。

元禄の頃から、楯縫、秋鹿、嶋根の三つの郡に加えて意宇郡西半の地が幕府の公認のもとに佐陀触下と定められ、この範囲の中にある神社や神職は全て佐太神社の支配の中にあったといいます。

さらに、一年間の祭祀は七十五回にもなり、九月の例大祭、御座替神事や御法楽などがあるのです。神社には、数々の文化財、社宝、さらには貴重な美術品もあり、彩絵桧扇は、国が指定した文化財です。扇面絵画が描かれた作品としては日本国内では最古のもので、佐太神社の社紋にもなっています。

主祭神の佐太大神誕生秘話も語り伝えられてきました。島根町の加賀の潜戸と呼ばれる神埼の窟に金の弓矢を射ってお生まれになり、その時、窟が光り輝いたので「加賀」と呼ばれるようになりました。

佐太大神は別の名が猿田毘古大神で、除災、招福、長寿の神、海陸交通守護、地鎮、縁結び、安産の神です。佐太神社でいただける朱印にも「導」の文字を神官の方が御朱印帳に墨黒々と書いてくださいます。誰もが毎日のように楽しく豊な生活が送れますようにと、導かれる大神なのです。

ウメはこの神様に何度も助けられました。目が不自由なことから危険とは背中合わせです。それも一人旅ですから、思わぬ災難に何度も遭遇しました。海岸の嶮しい道で、崖を滑り落ちそうになったり、道を間違えたり、奇怪な事件に惑わされることもありました。そんな時、姿を変えてウメを救われたのです。ウメには分らないのですが、影の私には神の存在を知ることができました。猿田毘古大神だけでなく、八百万の神様達のお力にもよるとウメは思っているはずです。島根半島には、四十二浦と呼ばれている地域があり、古くから、その浦を巡礼する信仰があったと古文書は伝えています。その信仰は、それぞれの懐かしい人を求めようとする旅であり、心に残る原風景への癒しの旅でもあったと思われます。国引き神話の島根半島の四十二浦で、巡礼の人達はふいと神々に出会うのです。ウメも、その一人でした。

ウメの四回目の旅立ちは一畑寺ではなく、佐太神社の身澄池（みすみがいけ）で不浄を取り除いてから旅立つのだと考えていました。その池は三角池（みすみがいけ）とも書かれ、佐陀川寄りに古くからあったとされています。ウメと同じではありませんが、似たようなことがありました。天明五年のことです。清原太兵衛が佐陀川を切り開くときに、神々のお力を大事にし、恵美山（えびやま）から大きな石を切り出し、佐太神社の神紋ともなっている扇の形にした手水鉢を寄進しました。

正殿前の石垣の下には、ホンダワラと呼ばれる神葉（じんば）の海藻が木の柵に何筋も掛けてあります。四十九日の忌み明けには恵曇の浜で身を清め、神葉を採って納めるのです。隠岐では神馬藻（じんばそう）と言います。ウメは鷺浦から持ってきた神葉を木の枝に掛け、手水鉢から掬った水で手を洗って身を清めました。

正殿の前に進み、亡くなった与志子のために般若心経を心の中で唱えます。神社で般若心経を唱えてはいけないのですから、ウメは唱える前に、そのことをお断りしておきました。ウメの般若心経は、後ろから吹く佐陀川の風が空に向かって運んで行きます。きっと、天空にいる与志子に届けてくれるでしょう。

ウメは鷺浦から懐に入れて持ってきた榛葉（じんば）を神木の枝に掛けて、池の水を手で掬い、身を清めました。数珠を繰りながら、亡くなった与志子のために再び般若心経を唱えました。

木陰で小鳥が囀り始めました。日暮れが近いことが小鳥達にも分かったのか、餌場の田圃から帰って来たのか、数羽の小鳥が苔むした大きな岩の周りで餌を啄（ついば）みながら歩いていたのに、いつしか隠れてしまいました。どこかに塒（ねぐら）があるのかもしれません。岩にノキシノブが生えていますが、この地で重ねた歴史を語っているようです。

「あっ、ノキシノブ」

ウメは呟き、その岩を仰ぎ見ながら万葉の歌を口ずさんでいます。

わが屋戸（やど）は軒（のき）に子太草（しだくさ）生（お）ひたれど
恋忘れ草（こいわすれぐさ）見せど生（お）ひなく

ノキシノブ（シダ草）

万葉歌
わが屋戸（やど）は軒（のき）に子太草（しだくさ）生（お）ひたれど
恋忘れ草（こいわすれぐさ）見せど生（お）ひなく

我が家の軒下にはシダ草は生えているが、恋の苦しみを忘れるという恋忘れ草は生えないという歌なのです。シダ草が生えるまでに長い期間がかかるので、長い間恋い焦がれている思いが込められているようです。

加賀の海で結ばれた和太郎を思い出して、ウメはノキシノブの歌を詠んでいるのかもしれないと、影の私は恋するウメに嫉妬の気持ちを感じながら、生家のあちこちに生えていたノキシノブが心に蘇ってきます。石垣とか古井戸の周りや巨木が繁る裏山にも寄生していました。庭の五葉松にも生え、味わい深い情景があったのです。万葉の時代から人々に親しまれ、いまはもうあまり見ることのないコケむしたカヤやヒノキの皮で葺かれた屋根の軒などに土がなくても耐え忍ぶように生えていたことからこのような名が付けられたといわれているようです。

ノキシノブは空気の乾燥が続くと、葉を内側に巻きこんで細く撚れたように形を変えて耐えるのです。細長い葉の裏側には小さな胞子がいっぱい集まってできた丸い胞子嚢（ほうしのう）がいくつも並んでいてボタンのように見えます。それが目のようにも見えることから、八目蘭（やつめらん）とも呼ばれています。

鳥居の前で立ち止まったウメは、薄暗い中で下から透かすようにして見た佐太の社が既に落ちてしまった西日の茜色（あかねいろ）を微かに残しているように思いました。中央には高い屋根を見せる正殿があり、南と北の両側にも同じ姿の建物があります。

学さんに会って七浦巡りを始めたウメは、御座替祭（ござがえ）が行われる季節は確かいま時分であったことに気づきました。馬車曳きの学さんからはそんな話はありませんでしたが、ウメの目の前の情景がそれを証（あか）しています。鳥居から続く参道には、屋台の準備をする人影が動いています。境内遠く数人の神職さんが忙しなく動く姿が、提灯の明りに淡い影絵のように見えます。

辺りはしだいに薄暗くなって来ました。目の不自由なウメでも、動く人の姿などが目に映ります。七浦巡りの旅立ちとなる明日が佐太神社のお祭り日というのは、神の導きかもしれないと、ウメは胸いっぱい溢れる熱い思いに暫くの間、目を閉じて佇んでいました。

「お詣りかね？」

突然、ウメの背中に声が届きました。振り返ると、天秤棒を右肩に乗せ、手拭いで頬被りをした男の人らしい影法師が近付いて来ます。

「巡礼さん、お祭りは明日からですけん。いま時（どき）、どこからごだっしゃったかね」

「……」

「もう陽が暮れたが、宿はどこに決めちょられぇかね？」

その声を遮るように、ウメの前に現れたのは、空の魚箱を両手に抱え、格子柄の前掛けにこれも手拭いを被ったおばさんです。

「若い巡礼さん。愛（いと）しげな。汐垢離（しおごり）の巡礼でしょがね」

売り物を並べる屋台の支度をしているのでしょうか、背が少し曲がってはいますが艶やかな赤ら顔です。ぶっきら棒な言い方なのではあるものの、温かみが感じられます。海端（うみばた）でもないのに、微かな潮の香りがするような気がしました。四十二浦巡りを重ねてきたウメなのですから、潮は海からの便りのように思えるのです。海辺で暮らす人だとウメはすぐに分りました。海から届くように聞こえたそれは、行方がしれない夫の与三郎からの便りにも思えたのです。何気ない言葉や風景に、ウメはいつも与三郎を重ねるのでした。

「危ねぇ、危ねぇ。流れ者の甘げな話や誘いに引っかぁと大変だでね。気ぃつけなされや」

「はい……」

「そぉで、お前さんはどこからごだっしゃったかね」

「ええ、日御碕に近い鷺浦から出掛けました巡礼です。神社前の通りに旅籠があることは知っていましたので、今晩はそこでと思っています」

「あ、そげだね。よく巡礼さんが泊まっておられるが、お祭り前の夜祭だから泊り客が多いだろうよ。前から頼んでおいたのかえ」

「いいえ、急な思い立ちでして……。雨風や夜露が凌げたら、どんなところでも構いません。七浦巡りも四回目ですから慣れました。乗せてもらって来た馬車曳きの業者さんに、女将さんを頼るように言われたんです」

「馬車……ねぇ。あっ、学さんでしょがね。あの人はね、旅籠の女将さんのこれ……」

おばさんは親指を立てて、にやっと笑って見せました。ウメは気不味さを感じて踵を返し、歩こうとしました。すると、話し足りないのか、寄って来ると早口で言いました。

「女将さんの連れ合いだった若旦那は戦死したで、だけん後家さんだがね」

ウメは何も言えずに俯いてしまいました。後家さんという言葉を聞けば何か心の内を見透かされたような気がします。

　私には夫がいる。行方不明ではあるけど与三郎さんがいる。どこかで生きていらっしゃる。きっと帰って来られる。いつもそんなふうに信じて暮らしているのに、あろうことか、時々ではあるものの、和太郎に抱かれたあの時のことが浮かんでくるのです。

「なぁに心配いらん。一人旅の巡礼さんですがな、女将さんも粗末にはしませんがね。心配だったらついて行って頼んであげらかね」

「お祭りの前日であることをうっかりしていました。ありがとうございます。学さんのことを言って頼んでみます」

「あ、その馬車曳きさんのことだがね、学者さんらしでね。何を調べておいでかよう分らんが、部屋に籠ってしまわれることもあるらしいし、ふらっと旅支度をされては、何夜も帰られず、皆が案じたこともあったが、何食わぬ顔で帰っておいでだ。雲隠れみたいなことされても、誰んも捜さんがね。それを神懸りだてぇ人もおぉがね」

「私の義父が廻船問屋を営んでいた時の知り合いだそうですが、詳しいことは聞いておりませんで」

「誰んにも、前にどげしちょったかなんてて話さんからね。ここに住み着いてから、もう長いがよう分らん人だ。旅籠で寝泊まりして、かれこれ五年にもなるだろうよ。どこから来られたとか、ちゃんとした名前を聞いても笑って答えられんから、誰も知らん」

「学さんっていうのは、通り名なんですか？」

「そうだがね。なんだか知らんけど、学者さんだという人もおる。昔の仕来り（しきたり）や言い伝え、昔話のことなど、あっちこっちの古老に聞いて歩いておられぇらしいからのぉ」

「それじゃ、歴史とか、民俗とかを調べられる学者さんなんでしょうね」

「和尚さん、横屋さんなどは物知りだから、何度も訪ねては、聞いたことを帳面に書いておられえとか」

「みんながつけた名前が、そんなところからの学さんですか。面白い」

おばさんは、ファファと笑って言いました。

「それでええがね。村の人とも親しいし、今では旅籠でお客さんの送り迎え、船が入ると網元から頼まれて、獲れたての魚を市場まで運んだり、お寺や神社の頼まれごともしてる。旅籠の若い後家さんが惚れるのもむりはねぇ。ハイカラさんでもあぁけんね」

おばさんの話は、いつまで経ってもきりがありません。

「お声を掛けて頂いて、ありがとうございました」

ウメは学さんのことが少し分かったと、嬉しくなりました。

「いらんことを話したがね。参道はこの通り騒がしけん、神社の神さんも隠れておいでだ。お詣りは明日の朝にしなせぇ」

おばさんはウメに背を向け、忙（せわ）しなそうな空気を残し、屋台の準備をしている人の中に入って行きました。

ウメは、馬車曳きの学さんに、また、どこかで会えそうな縁を感じて嬉しくなりました。

佐太神社の祭事を、影の私が語りましょう。

出雲の国は、根の堅州国とか母の国などと記紀神話で言われており、熊野大神、佐太大神、野城大神といわれる三柱の大神を中心としてそれぞれ独立的に治められていました。その後、国引き神話に登場する八束水臣津野命が現れ、出雲の国を創ります。出雲国風土記にこの神が「嶋根」と名付けたとあります。

祭事の一つである御座替祭は、本殿などの茣蓙を敷き替える神事で佐太神社で最も大切なものとされ、一年毎の遷座祭にも当たるお祭りなのです。江戸時代には佐太表とか秋鹿表として盛んに生産されたといいます。神社にも御座田という耕作地があり、御座替の藺草を栽培していました。藺茣蓙を使って神様の座を毎年のように新しくするのは、神様の不思議な力が続いて欲しいと願ってのことのようです。

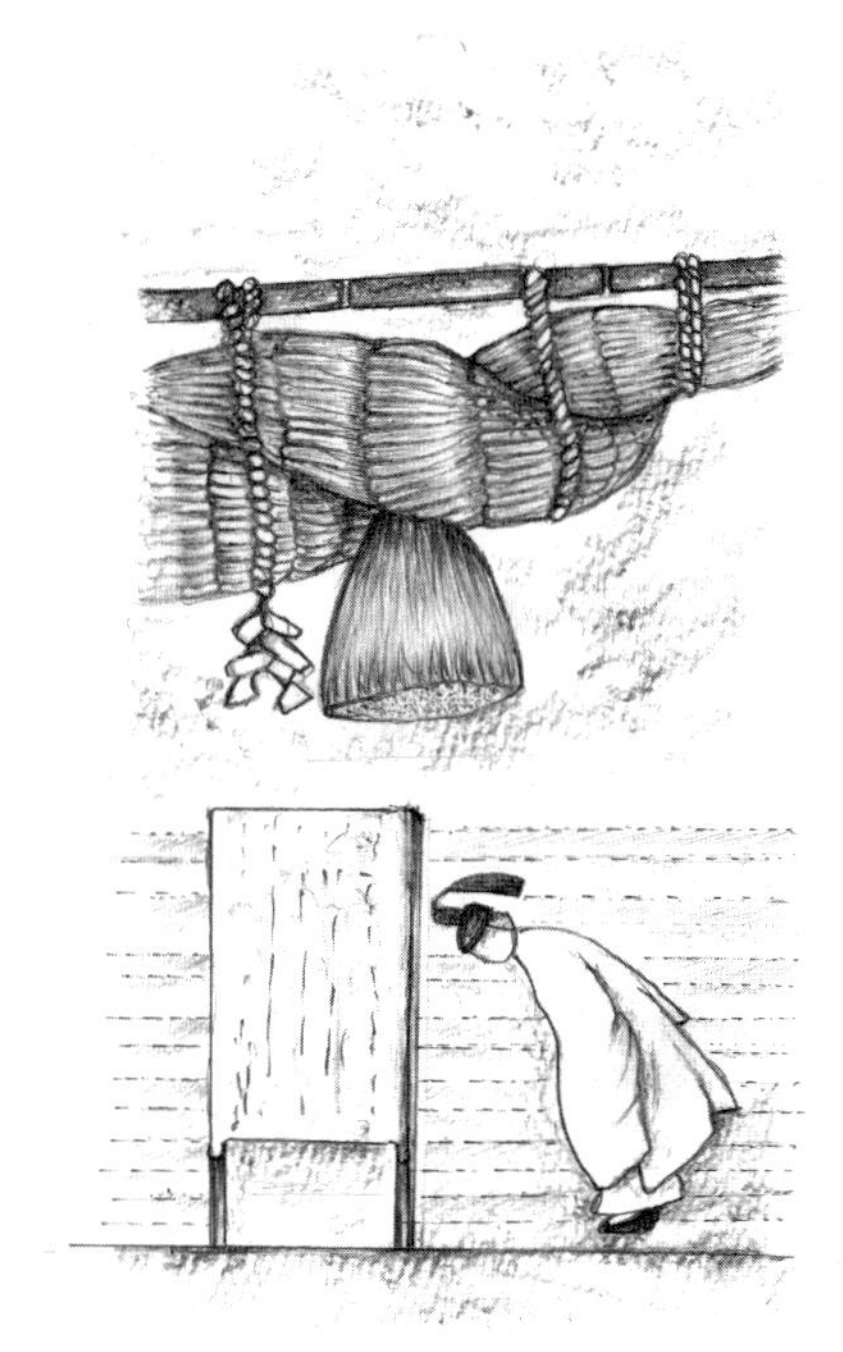

特に佐陀神能は、氏子を中心にして長く伝承されてきました。神話に登場する神々の物語が演じられる姿からは、歴史の古さを思うのです。そう考えると、境内に響く笛や太鼓の音色からは、

過ぎ行く刻（とき）の、またそれぞれの時代が経てきた重みを感じさせられます。

神事の時には、篝火が焚かれ、神職さんの舞姿が火の中で黒く長い影となって揺れ動くのを見ると、何とも言えない厳かで神秘的な気持ちになるのです。

佐太神社は、神在社（かみありのやしろ）とも呼ばれます。神話で語られる伊弉冉（いざなみ）の陵墓といわれる、鳥取県と島根県の国境に位置する比婆山（ひばやま）の神陵とされ、伊弉冉尊を偲んで、十一月には八百万（やおよろず）の神々が集まられます。神迎え神事で始まり神等去出（からさで）神事を終えるまで、祭の儀式は続きます。その間、歌舞音曲は止められ、家屋の建築や造作、障子の切り貼り、裁縫、散髪はむろんのこと、幟も立てることはいけないとされます。

八百万の神々が全国から出雲に集う頃から、白鳥も北の国から同じようにやって来ます。かつては杵築大社から出雲の白鳥が籠に入れられ、神輿で山陰道を経て、はるばる平城京や平安京に送られました。天皇は、白鳥を神の鳥として大切にしたと言われています。

影の私は、簸川平野を眺めながら、白鳥には神が乗り移っているのではないかと思います。

神様がお帰りになるのを神等去出（からさで）といい、夜もすっかりと更けてくる亥の刻に、神事を司る人が神籬（ひもろぎ）を捧げ、大勢の神官が提灯の明かりを連ねて続きます。神社の裏手になるのですが、半里ほどの北西にある神ノ目山（かんのめやま）に登って神送りをするのです。以前は、神名火山の朝日山まで送ったそうです。

この神事が行われる頃に、「お忌みさん荒れ」といって、島根半島の沿岸は決まったように、海が荒れて時化（しけ）になると言います。

神々が帰られると、、出雲路には静かに冬の足音が聞こえ始めます。脱穀作業、薪作り炭焼きなどのさまざまな野良仕事があり、漁師は寒さの厳しい岩場での海苔摘みを始める冬支度です。そして、師走が駆け足でやって来るのです。

その季節の中で、一艘の舟を浮かべて神々をお送りします。次に祝部（はふりべ）が御神木に古くから伝わる飾り付けをし、御神酒（おみき）を供えます。神事を束ねる斎主（さいしゅ）は、神前に秘文（ひもん）と供え物を捧げ、御神酒を頂いた後、全員で山を降り、神社に帰ると成就の神楽を奏でて祭を終えるのです。

影の私は、田中神社に伝わる「ふたりの姫の物語」をお話します。

ふたりの姫の物語

この世が未だ混沌としていた頃、高天原という遠く高い天空、さらにまた高いところに神々が現れました。天空の下にある広い広い地というところにも次々と神々が姿を見せたそうでございます。

それからまた長い長い歳月が経ち、高天原と黄泉（よみ）の国の間にある地上の葦原中国（あしわらなかつくに）、つまり私どもの国は、大国主神が出雲の国を治められるようになりました。その勢いはしだいに東へ、また西にと、遠くへと広がって行きました。

国の争いというのは今も昔も同じでございます。ある時、天照大神（あまてらすおおみかみ）が葦原中国は、我が御子の天忍穂耳命（あめのおしほのみこと）が治めるべきだと仰せになったことから、国譲りの争いが起きたのでございます。で幾つかの難しいというか困ったことがありましたが、大国主命は国を譲ることにされました。

すが、「地底深く柱を据え、高天原まで届くような高い氷木を立てた宮があるならば、国を譲ってもよい」と申されたそうでございますが、さぞ無念であったことと思われます。こうしてできあがったお宮が出雲大社でございます。

ようやく静まった葦原中国へ、天照大神の御子、天忍穂耳命が降りられるはずでございましたが、国譲りの騒ぎに手こずり、ついつい歳月が過ぎて行きました。そこで、御子に代わり、その息子、つまり、天照大神の孫にあたる天津日高日子番能邇邇芸命が地上の国を治められることになりました。

こうして邇邇芸命は、高い空に棚引く八重の雲を押し分け掻き分け、一気に降りられました。そこが、筑紫の日向にある高千穂に聳える槵触嶺という見晴らしのよいところでございました。

「よいところだ。韓の国に向き合い、笠沙の御崎にも繋がっておる。朝陽もちょうど真向かいの海から昇り、夕陽も輝きながら沈む。素晴らしいところだ」

邇邇芸命は、そのように申されたそうでございます。そして、豪壮な御殿を建ててお住まいになりました。

そこは、陽が出て沈むまでの一日中、陽光目映く降り注ぐ雄大な景色の天孫降臨の地でありました。

ある日のことでした。邇邇芸命が笠沙の御崎を散歩されている時、偶然にも美しい姫に出会われます。

「お前は、どこの姫か？」

輝く太陽の光の中から忽然と現れたとも思える姫に、お尋ねになりました。

「大山津見神(おおやまつみ)の娘で神阿多都比売(かむあたつひめ)、別の名を木花之佐久夜毘売(このはなさくやひめ)と申します」

そのように答えられたそうでございます。命は、さらにお聞きになります。

「お前には兄弟がいるのか?」

「姉がおります。名は石長比売(いわながひめ)でございます」

「そうか。あまりにも美しいお前を見て、私は妻にし、すぐにでもかき抱(いだ)きたいと思った。ほかの男に渡してはならない。妻にするのは、お前しかない。どうだ、お前の気持は?」

出会ってすぐに、そのように思われるのですから、大変に美しい乙女、いや姫であったのです。一度見ただけで、好きになるというのは余程のことでしょう。木花之佐久

夜毘売は、俯いたまま何の返事もなさいません。それはそうでございます。一瞬で通い合うということもないことはありませんが、初めて出会った男に誰だって簡単に妻になることなどできるはずがないのです。見も知らぬ相手に、すぐに妻になりましょうなどと言えば、淫らな姫だと思われるばかりです。それを承知しているわけですから、何も言えません。

「どうなのだ、どうしたのだ。なぜ返事をしないのか！」

黙ったままの姫の肩に両手を掛けて揺さぶりながら、しびれを切らした邇邇芸命は大声を出されました。

しばらくして、姫は口を開かれたのでございます。

「私からは、なんとも申し上げられません。父の大山津見神(おおやまつみのかみ)からご返事いたします」

「そうか、分かった」

邇邇芸命は大山津見神のところへ、木花之佐久夜毘売を妻にしたいと使いを出されたのでございます。

「おお、そうか。邇邇芸命が姫をのぉ、まことに麗(うるわ)しきことである。承知いたしましたとお伝えを願います」

父神は大層喜ばれ、黄金(こがね)造りの太刀と共に金銀の結納品をお届けになり、木花之佐久夜毘売ばかりではなく姉の石長比売(いわながひめ)も一緒に行くようにと言われたのでございます。

「はて、希代(きたい)なり。姉の姫までもか。いまだ見たこともないが……」

使いから姉妹共に嫁がせると聞かれた邇邇芸命は、首を傾げられました。

婚礼の日がやってまいりました。邇邇芸命は木花之佐久夜毘売の手を取りお喜びになりましたが、妹の横に控えている姉の石長比売を見て顔を顰められたのでございます。

「吾は木花之佐久夜毘売を娶ったのであり、姉姫までは考えていないのだ」

並はずれて不器用な姫だなと仰せになり、木花之佐久夜毘売だけを残して姉姫は送り帰されます。石長比売は、妹姫を睨みながら言われました。

「天神でもある邇邇芸命が、私を避けなければ生まれる子は長寿であり、しかも堅い岩のように永遠に生きることでしょうに」

木花之佐久夜毘売は、それを聞いても俯いたままで何も言いません。姉姫は邇邇芸命に目を向けて言われました。

「ですが邇邇芸命様。木花之佐久夜毘売ばかりをお召しになったのですから、生まれるお子は、妹の名のとおり必ず木の花のように儚く散り落ちてしまうのです」

呪詛の思いを込めて語ったあと、雲を招き寄せると、それに乗って天空へと去って行ったのです。

それを聞いた父の大山津見神は、大変恥ずかしく思い、天に向かって言われました。

「天孫の邇邇芸命のお側に石長比売をおくことで、天神の御子は雪が降ろうと強い風が吹こうとも、いつも石のように変わることのない命を持ち、そして木花之佐久夜毘売を側に置かれれば、木の花のように栄える繁栄があるということを願ってのことだったのだ。石長比売を返した今は石長比売が言うように、天神の御子の命は儚いものに……」

天孫降臨その夜、邇邇芸命と木花之佐久夜毘売は、激しい契りを交わします。翌日、木花之佐久夜毘売は子どもを宿したことを邇邇芸命に告げました。ですが、邇邇芸命は木花之佐久夜毘売に思いもしなかったことを言われました。

「なんと木花之佐久夜毘売、お前は一晩で妊んだというのか。たった一夜の契りで御子ができるはずはなかろうし、そうであったとしても私の子ではなかろう。きっと出雲の国の神、つまりは国神の子だろうよ」

伊弉諾、伊弉冉、そして天照大神などは天神ですが、素戔嗚尊や大国主命などは国神と申します。

「昨夜、あれほどの狂うような契りを交わしたのではございませんか。間違いはありません。なぜそのようなことをおっしゃるのでしょう」

木花之佐久夜毘売は涙を流し、邇邇芸命に取りすがりながら申します。

「いや、一夜というのが怪しきことなのだ」

「でも、命は私を激しく激しく何度もかき抱かれました」

「証拠がないではないか」

邇邇芸命は、頑なに申されます。

「ならば申し上げます。私は命の御子を身籠もっております。これからお産をいたします。お腹の中の子が国神の子ならば、無事に産むことはできませぬ。もし天孫の御子ならば無事に産まれることでしょう。お誓いいたします。暫くお待ちください」

木花之佐久夜毘売は、出入口のない広さが八尋もある御殿を作り産屋とします。中に入ると、内側から土を塗って塞いでしまい、いよいよお産をする時になると、御殿の内側に火を放ちました。

火は天高く燃え上がり、雲を突き破って行きます。突然、あれほど燃えていた火がまるで跡形もなく消えました。その中から木花之佐久夜毘売が御子を両手にしっかりと抱いて姿を見せました。天孫の御子が産まれたのです。

「おお、私が間違っていた。確かにお前は、天孫の御子を生んだ」

邇邇芸命は木花之佐久夜毘売を抱きしめて、そのように申されたと伝えられています。続いて、次々と御子をお生みになりました。

火が最も盛んに燃え盛った時に生れた御子の名は火照命、次の御子は火須勢理命、その次は火遠理命で、別の名は天津日高日子穂穂事見命、つまり、陽は高く輝き、その陽の神の御子であると共に、稲穂が盛んに実る意味と、火焔の中から立ち現われた意味とを兼ねた名でありました。産まれたのは三柱の神々ですが、初めに生れた火照命は筑紫に住んだ隼人の阿多の君の祖先です。

それから幾度も陽が昇り幾度も陽が沈み、長い長い、数え切れないほどの長い歳月が過ぎて行きました。

いつしか、出雲の国、島根郡の神名火山麓に佐太神社が建てられたのです。

神社の正面から北に向かって少し行きますと、二つの小さな社があり、それを田中神社と申します。東の社には邇邇芸命が縁切りをされた石長比売が、西側の社には妻として迎えられた木花之佐久夜毘売が祀られているのです。

何百年も語り伝えられた神々のいわれから、東社を縁切りの社、西社は縁結び、そして安産の社と呼ぶことになっております。

世の中、いえ神々の世界といえども姉妹で二つの相反するご利益を分かち持つというのは、いかにも皮肉なことでございましょう。ですが、神代であれ、いつの世であっても、永劫に変わることのない男と女の業というものです。

二つの社の背にある神名火山、別の名を出雲では朝日山とも呼びますが、いまもその山からは、大昔、邇邇芸命が筑紫の日向、高千穂に聳える槵触嶺に天降られた時と同じように、昇る陽と沈む陽が見えるそうです。

片句浦　八幡宮

垢離取歌

　君か代は千代の岩尾となるまでに

　　片句も守れ神の御國を

　佐陀川の水面を横切る初秋の風が起こした漣（さざなみ）が、昇ったばかりの太陽の光を川面に散らしています。まるで海面を飛び跳ねる飛魚が見せる銀鱗のように煌めき、目に刺さるような光に目を閉じてしまいそうです。

　ウメは義父から佐陀川についていろいろ聞いて知っていました。佐陀川は宍道湖岸の浜佐陀から佐太神社の前を通り、恵曇の港までを結ぶ三里ばかりの運河です。江戸時代の天明五年に清原太兵衛が松江藩に願い出て、ほぼ三年の歳月をかけて完成した人工の河川です。清原太兵

衛は正徳二年の生まれといいますから、いまから四百年近く前のことです。

最初は松江藩士の青沼六左衛門に仕えていましたが、家老の三谷長達に認められ、松江藩の藩士となり、土木工事の才能を認められ、普請方吟味役を務めるようになります。

その頃、宍道湖は雨が降るたびに溢れ、田んぼや畑を水浸しにしていました。太兵衛は佐陀川の幅を広げ、宍道湖の水を恵曇から日本海へ流れるようにしたほうがよいと考えるようになりました。太兵衛は松江藩に工事を願い出ますが認められません。折しも天明二年には大洪水が起き、松江の城下にも浸水したことから太兵衛の意見が通り、天明五年に工事を始めることになりました。七十歳を過ぎていた太兵衛でしたが、何万人もの人達を指揮して工事を開始しました。ですが老齢のこともあって佐陀川の完成を目前にした天明七年十一月に七十五歳で亡くなりました。その翌年の一月、川開きが行われましたが、太兵衛は三年をかけて開削された佐陀川の流れを見ることはありませんでした。松江藩はでき上がった佐陀川を城下町と日本海を結ぶ重要な航路として活用し、川を行き来する船が、大きな役割をもつようになったのです。

ウメは義父の話を思い出しながら、川の流れを不自由な目で見つめていました。川の岸辺には帆を張った数隻の船や櫓（ろ）を載せたままの小舟が杭に繋がれ静かに浮かんでいます。朝早く島根半島沿岸の漁場からの荷揚げをしたのか、これから頼まれた荷物を積んで宍道湖方面に行くのでしょう。

ウメは陽が昇る前、佐陀神社のお詣りを済ませていました。参道や境内には祭りの準備をする数人が忙しなく働いているだけでした。馬車曳きの学さんのことをウメに語ってくれた、おばさんの姿を探しましたが見つかりません。お祭りに売る品物の準備に手こずっているのでしょうか。神社の後ろに高く伸びている松の枝から二羽のカラスが、茜雲に向かって飛び立ち消えて行きました。

ウメは、深田から七浦巡り最初の汐汲みをする片句浦へ通じる山道へ向かって歩き始めました。旅籠の女将に、学さんにお世話になったお礼を伝えて欲しいと言って別れたのですが、旅立つ人達の世話に忙しくしているのを見ると、気になっている学さんの素性を聞くことはしませんでした。

宍道湖の波の音とは違う佐陀川の滔々と海に向かって流れる水音が、歩く足取りを早めてくれます。佐陀川を左に見てウメは、右手に続く山間の道を登って行きます。谷沿いに作られた小さな棚田には、重く垂れ下がった稲穂が黄色くなり始めていました。疎らにあった人家がなくなると険しく寂しい山道になりました。女将さんから教えられた片句浦へ通じる道です。朝捕れの新鮮な魚介類を松江の市に卸す仲売人や行商のおばさんたちの往来があるので、目が不自由でも危険はないと女将さんは言って

くれました。そして今夜の宿をどうするかも教えてくれたのです。

「片句への途中に大師堂があるのでお詣りしなさい。四国八十八寺のお地蔵様が迎えてくれます。いろんな事情を抱えた巡礼の人達との出会いもありますから、今晩の宿にしたらいいですよ。遠くから何日も掛けて四十二浦を巡られる旅人のために、竈もある炊事場がありますからね」

女将さんは、そう言いながら二合の米が入った袋を手渡してくれたのです。

「梅干と干物も入れておきましたよ。古浦天満宮から魚瀬までは難所ですから、恵曇神社に着かれましたら私に連絡して欲しいと宮司さんにおっしゃってください。学さんに迎えに行かせますから。分かりましたね」

親切に言ってくれた女将さんの顔を思い出しました。目の不自由なウメを気遣ってくれる優しい気持ちに目が潤みます。その一方で、馬車曳きの学さんにもう一度会える機会を与えてくれたことを素直に感じて嬉しい気持ちになりました。

鵜峠の家で、学さんと義父は古い知り合いだったと聞いてはいましたが、詳しい事情は知りません。ウメが旅支度をしていた間に、二人はどんな話をしたのでしょう。老いた義父が辿った長い人生の記録に盛られた謎を解くのは、ウメには難し過ぎます。義父の記憶に残っている男衆達は多いはずです。学さんもその一人なのですが、何となく不思議な雰囲気を漂わせる人です。あるいはこれまでの巡礼の旅の中で出会っているかもしれないとウメは思います。

大師堂へ続くはずの山道をゆっくり歩きながら、これまでの七浦巡りの記憶の幾つかを一つずつ思い浮かべてみますが、深い井戸の底に溜まった水のように少しも動いてはくれません。今度会った時には、義父との関わりを勇気を出して聞いてみたいとウメは思います。でも話してくれるでしょうか。学さんは、聞こえなかったふりをして、煙草の煙を空に向かって吐息と一緒に口から吹き出すかもしれません。自分と話をしながら、溜息をついてもらいたくありません。

女将さんがウメに語ってくれた、片句大師堂のことを影の私が語ります。

旧藩時代から明治の頃まで、片句の人たちは松江の町に出掛けるとき、東南の尾根伝いにある深田集落を抜けて、佐太から講武を通って南に向かいました。その片句と武代の境なのですが、海抜二百メートル近い山頂の辺りに、片句大師堂と呼ばれている小さなお堂があります。四十二浦の汐汲みの途中ですから、巡礼さん達の宿泊所にもなっているのです。

境内に四国八十八か所の巡礼路が、明治三十四年に作られました。そこに置かれた幾つかの像を奉納した人達は片句ばかりでなく、遠くは伯耆国の米子や出雲の国の松江などからの信者もあったのです。

今からおよそ二百年も昔のことです。片句浦に灘屋柳蔵という人が暮らしていました。頑健な体ではなく病いにもよく罹（かか）りましたから、それを治すためでもあったのでしょう、弘法大師へはむろんのこと、四国八十八か寺の霊場巡りを何度もしました。そこで片句にも大師像をと考え、松江の石工（いしく）に頼んで造ってもらうことにしました。何か月か経って待ちに待ったお像ができました。柳蔵はそのお像を背負い、松江から片句までの四、五里の道を歩いたのです。片句の尾根で一休みし、お像を背中からおろしました。休んだ後、山を降りようとし、お像を背負うために持ち上げるのですが、なぜかお像は背負っていた時よりもさらに大きな石のように重くなってます。何度も持ち上げようとしますが、まるで動きません。

「不思議だ……。さては大師様がここを霊場にしなさいと言っておられるかもしれない」

そう思った柳蔵は、あたりを祓い清めた山の蔭にお像を安置したのです。と、その時、不可思議なことが起こりました。山の頂上から清水が湧き出したのです。周りにいた誰もが驚き、お大師様のご霊験だとありがたく思い手を合わせたということです。

影の私も何度となく島根半島浦々を歩きましたから、きれいな水が湧き出ているこの場所を以前からよく知っています。静かな湧き出る音を聞くと疲れも消え、安堵するのです。いつもそうですが、ふと海が見たくなると、このお大師様がおられるところに行くのです。太陽が照り輝く暑い夏には、ここで手や顔を洗い、持ってきたお弁当を食べたりもします。大師堂の近くに座っていると、海から舞い上がった心地よい潮風が体を包み込み、木々から漏れてくる海面に輝く光に心が和みます。

ウメは七浦巡りを出会った人達や、いろいろな出来事を景色に重ねながら思い出すのです。この前の七浦巡りの時、新聞記者をしている傷痍軍人の村上浩一郎との出会いがありました。それがとても気になっています。最後に訪れた七番目の御津神社で、浩一郎は比丘尼久美への思いをウメに語りました。幼馴染でお互いが愛し合っていながら、結ぶことができなかった一本の赤い糸のことです。浩一郎は戦地へ行き、帰ってからは故郷の瀬崎で新聞記者をしながら暮らしています。一方、久美はといえば尼寺へ入り、そして菅浦で学校の先生をして暮らしてます。

久美の父は、ウメが坂浦の港から初めて巡礼の旅に出掛けた時、船に乗り合わせた歴史学者を思わせるような風貌の古老でした。その人には雲津浦の民宿で、偶然に再会したのです。民宿は古老が生まれ育った家なのです。

古老が始めた事業が成功していたならば、久美のお母さんと幸せな暮らしが約束されていたはずでした。ですが、その資金を詐欺の集団に取られてしまい、そのことから久美の父は夜逃げ同然に姿を消してしまったのです。そして、やっと長い旅から帰った父です。久美は親子を置き去りにして姿を消した父を許すことができないでいます。ですから、娘だと名乗りたくありませんが、やはり血の繋がった親子です。父親はやはり久美にとってはかけがえのない父であり親子なです。久美は、時々ではあるものの雲津を訪ねているのです。

ウメは三津浦で浩一郎に久美のことを話しました。久美を探して再会できたのでしょうか。それを確かめたいのです。添わせてあげたい二人です。長い刻(とき)の流れがあったにしても、二人の絆

は切れることはないはずです。どこかで所帯を持って幸せに暮らしているかもしれない、そうあって欲しいと思うのです。目の不自由なウメは、幾度となく二人に助けられました。久美の父である民宿の古老もそうです。そんな思いを辿りながらウメは歩いています。

ウメの心の中に、三回目の七浦巡りで野波の日御碕神社にお参りをし、浜から少し離れた山の麓にある妙光寺で泊まった日のことが蘇ってきました。浩一郎の唱えるお経の中に久美の声も交じって聞こえてくるようでした。

ウメはこれから片句の大師堂に行くのですが、四回目の旅の始まりに弘法大師とのご縁を心の奥深くで感じていました。弘法大師空海ゆかりの聖地である四国霊場巡りをしながら、宿坊で「四国遍路昔語り」を書かれた女の人の冊子を、妙光寺の奥様からお借りして読んだことが思い出されてきました。

ウメは知りませんけれども、実は影の私が四国巡礼をしながら書いておいたものなので、思い出深いものなのです。

四国寺　昔語り　Ⅱ

ありのままに自分を見つめることから、お遍路は始まります。人の心は、三つの世界を彷徨っています。欲の世界、色の世界、無色界。欲におぼれ、失う若さを惜しみ、時が過ぎるのも、自分の損も忘れて人の幸せを祈り、そんなことを一生繰り返しています。

私は四国八十八寺を四回に分けて結願することができました。和尚さま、家族、志を共にした仲間、宿泊先で、沢山の出会いの人たちの善意を受けました。

四国路には弘法大師さんのお話がたくさん語り継がれて残っています。そのお話です。

熊谷寺

たきぎとり水熊谷の寺に来て難行するも後の世のため（ご詠歌）

熊谷寺は、徳島県阿波市にあります。「正しい見解、正しい思い、正しい言葉、正しい行い、正しい生活、正しい努力、正しい記憶、正しい統一」は、お釈迦様が最初の説法で説かれたとされていますが、この言葉は欲望を滅ぼすための八正道の真理と言われています。斐川町黒目の青見寺参道に、この言葉が書かれた立て札があったのを思い出しました。間違いと正しいこと。それさえ曖昧である私の中に潜む煩悩。何かに気づき、感じ、知る、そんな遍路でありたいと思うのです。

お遍路をしていた私が驚かされたのは、垣根越しに聞こえる大勢のお坊さんが唱える御詠歌です。男性の唱える御詠歌をこれまで耳にしたことのない私は、オペラ歌手の歌声を聴いているような錯覚を起こしました。しばし、私は呆気にとられ、立ち止まりました。

私の胸の奥にある女性の唱えるご詠歌は物悲しく、哀れなひびきを漂わせるものでした。前方に続く塀に沿って、白く咲き乱れている花姿はユキヤナギです。しなやかな柳が淡雪のベールをまとった感じは、花の名前そのもののようです。私の脳裏に幻想の風景が映っています。風が吹き、粉雪が舞い、狂乱の能の舞いにも似た映像です。ユキヤナギとオペラのような音響が持ってきたせいでしょうか。現実の世界ではないとはしりながら、何かの心を狂わすような気もしないではありません。

私はどうしたものかと自分の心を鎮めるように、遠くに目を移しました。ここは熊谷寺です。大きな池です。風もあり曇ってもいるのに不思議なことに鏡のように澄んだ水の面に、春霞の空の色がそのまま映っています。赤い橋の架かった弁天島が見えました。赤は魔よけの意味も持っているのです。

私は金剛杖を握り締め、踏み出す一歩に力を入れて緩やかな坂道を登り始めると、いつの間にか御詠歌は、頭上でお坊さんが唱える般若心経に代わっていました。まだ、花の咲かない桜並木を歩きながら空を仰ぎました。下から見上げると蜘の糸を張り巡らせたような枝です。隙間から三重の塔が見え隠れしていました。膨らんだ蕾が、今にも一斉に咲き出そうと、桜前線の到来を待っているようです。

影の私は、「食わずの梨」というお話を思い出しました。

細い山道を一所懸命に登った来られてお大師様は、喉が渇いておられました。あたりを見回すと、梨の木に沢山の実が生(な)っているのです。お大師様は木の下におられる老婆に頼まれました。

「どうか、一つだけ梨を分けて下さらんかな」

みすぼらしい身なりのお大師さまを値踏みするような目で見て、老婆は言いました。

「坊さん、この梨は美味そうに見えるが、固うて食えんのだ」

何度もお大師さまはお願いされたが、断られてしまいます。老婆と梨の実を見ながら、何やら口の中で文句を唱えながら立ち去って行かれたのです。

ところがどうしたことか、お大師さまの姿が見えんようになってしまうと、さっきまでみずみずしかった梨の実が急にしなび、固くなり、お婆さんが口にしても、食べられんかった。それからのち、翌年も、次の年も、その木になる梨の実は食べられなかったそうです。その梨の木が今も屋島に残っているということです。

法輪寺
大乗のひほうも科もひるがえし転法輪の身とこそきけ（ご詠歌）
法輪寺は、徳島県阿波市にあります。「遍照金剛」という言葉があるのですが、これは弘法大師様が唐の国（中国）へ行かれた時、その恩師である恵果和尚から頂いた称号、つまりお坊さんとしての名前なのです。「南無」とは「ああ」と感嘆する言葉ですが、それを続ければ、「ああ、ありがたや弘法大師さま」という意味になるのです。札所を巡り、大師堂の前で「南無大師遍照金剛」を一所懸命で唱えます。すなわち大師さまにおすがりすることなのです。
人家も立ち木もほとんど見当りません。広々とした水田の道です。野菜の植わった田園風景です。狭い道をゆっくりと進みました。高く伸びたトウモロコシ。花穂が見えます。互生した節の葉っぱの所が膨らんでいます。

片句浦　八幡宮

「ああ、もう実ができちょう」

　珍しいものを見つけたような気がして私は叫びました。

「こっちのは大きな丸っこいナスビ」

「赤く色付いたトマトもあるわ、美味しそう」

　この農家で収穫された野菜が、私たちの住む村にも届けられているかもしれません。寒い冬の季節を越して、収穫にいたるまで育てた生産者の苦労が思われます。農業を営む私です。何事も我が家の事は任せて出たはずなのに、気になる風景です。帰ると畑や田圃が待っています。

　遙かな彼方に、ひとかたまりの木立に囲まれた九番札所である法輪寺が見えてきました。「の中の法輪さん」と、地元の人は言うそうです。山門は小ぢんまりとして、可愛い仁王さんがそれでも力一杯に力んでいる感じで左右に立っておられます。さして広くない境内ですが、高野槙が迎えてくれました。ご本尊は釈迦如来涅槃

です。四国霊場、涅槃像はここのお寺だけという珍しいものです。

お釈迦さまは悟りを開かれてから四十五年余りを人々の救済と仏教を広めることに努めておられました。八十歳の時、最後の教えを沙羅双樹の下で説かれました。そして、枕を北に、顔を西に向け、右脇を下にして、涅槃に入られたのでした。菩薩をはじめ人々は悲しみ嘆き、動物、虫、魚、生きとし生けるものすべてがそこに集まり、お釈迦さまの死を悲しんだのです。その光景が刻まれていました。いかにお釈迦さまがみんなに慕われ、尊敬されていたのかよく分かります。

春には蓮華草が咲き、夏は青々とした田圃、秋には草金の稲穂が波打ち、冬には遠く雪を被った連山を仰ぎみて、静かに休んでいらっしゃるお釈迦さまを思いました。

切幡寺
欲心をただひとすじに切幡寺のちの世まで障りとぞなる（ご詠歌）
競争社会に生きる私たちへの心得を教えましょう。人の心を楽に出来る言葉をいつも、心がけて使うのです。
・不安や焦りで、人を傷つけたりせず静かで、強い心を持ちます。
・毎日短い時間でも静かな、満ち足りた気持ちになります。
このように忙しさや、疲れに負けそうな時、心をありのままに見つめ、苛立ちや、焦りを鎮め、知恵の言葉を大事にしましょう。四国遍路のことが書かれた小さな冊子で教わりました。

切幡寺も法輪寺と同じ阿波市にあります。ふと、昔のことを思い出させるような古い町並みの風景が続きます。小さな門前町といった感じの集落にたどりつきました。民宿や巡拝用品一式、仏具の店が目につきます。「切幡寺」と刻まれた石柱から狭い参道になります。青い葉を付けたムクノキが残り、早春の木漏れ日が陽炎のように揺れている小坂を登ると参道が山道に変ります。今まで平地にある立派な境内や山門、仁王門を見てきました。ここは、昔懐かしい山寺を思わせるような古びた山門です。

昔、道しるべにされていたのでしょうか、彫られている文字が薄れた石の杭が、歪んだままの格好で残り、にょっきりとそれでも倒れずに立っています。樹齢の浅い杉木立の中を無言で歩きました。ここは三百三十段の急な尼坂が待っているのです。遍路道の角々に、草に埋もれた可愛い小さなお地蔵さんが、巡礼者を温かく見守ってくれています。

まだここに切幡寺が建っていなかったときのお話です。

山の麓に機を織って一人で暮らしている娘がいました。ある日、ボロボロの身なりで托鉢をしながら廻っている旅の僧がこの家に立ち寄られ、布を少しわけて欲しいと言われたのです。娘は織っている布を惜し気もなく切って差し出しました。感動した僧は、娘の願い事は何かと聞きました。娘は千手観世音の像を刻んで、父母そして祖先の霊を祀り、その後、仏門に入りたいと言ったのです。

娘の父は、京の都で起きた反乱事件に巻き込まれ、無実なのに島流しにされました。母はその時身ごもっていたのです。男の子が生まれれば殺されるので、清水の観音さまに祈願しました。

そして、夢のお告げにしたがって、母はこの地へ来て娘を生んだのでした。母は「観音さまのお陰で娘が生まれた。観音さまを祀らなければ」と口癖のように言っていましたが、やがて亡くなってしまったのでした。旅の僧は、娘に代わって観音さまを刻み、仏門に入る儀式をしたのです。すると、娘のその身は光を放ち千手観牲音菩薩に姿が変わったのでした。姫の健気な願いをかなえた旅の僧は、実はお大師さまだったのでした。

この後に、女性の信仰が厚いといわれる千手観世音を御本尊として、切幡寺を立てられたのでした。「はたきり観音さん」として今も親しまれています。

藤井寺

色も香も無比中道のふじい寺真如の波のたたぬ日もなし（ご詠歌）

浄土真宗のお寺の檀家に生まれ育って、ずうっと、私はそのお寺と仏壇とお墓を信仰の場所にしていました。亡くなった私の祖父母は働き者でした。沢山の孫を可愛がっていました。そして、理想の男性の一番に掲げていた面影の父やご先祖様に、感謝の手を合わせるのです。嫁いだ先は臨済宗でした。義父母を供養するために、出雲札場、三十三か寺を身内の人たちと巡拝し、心地良い安らぎを感じていました。自分自身の行が積まれることで苦悩、厄難を観音さまに救って頂くことでもあったのですが、親戚縁者の和を深め、他の土地のことを知る格好の機会でもありました。

四国霊場は真言宗だと思っている人が多いようです。天台宗が四か寺、珍しいといわれる時宗

（阿弥陀如来）が一か寺、そして三十三番の雪蹊寺と十一番の藤井寺は臨済宗、妙心寺派で、私のお寺と同じでした。

藤井寺は、徳島県吉野川市にあります。一級河川の吉野川に架かる阿波中央橋をバスが渡りました。満々とした青い水をたたえて流れる川面に、屈折した早春の太陽の光が鉱石の結晶にも似た輝きを見せてくれています。いつも見慣れている中国山脈を源流とした斐伊川とは、趣の異なった川の美しさと、自然の力を感じました。その吉野川の南岸、棚田の続く山間の町を谷川に沿って登って行きます。鬱蒼と茂る林、渓谷のせせらぎは、いにしえを偲ばせる霊気が漂っていました。

藤井寺です。清流に架かった橋がありました。「橋を渡るときは、杖をつかない。お大師さまが橋の下で休んでいらっしゃるかもしれないから」という教えを受けました。ここの藤井寺に祀ってある本尊薬師如来は「厄除けのお薬師さん」と呼ばれていますが、それにはこんな訳があります。

本堂は昔、山の上で谷川のすぐ側にありましたが、戦火によって境内の建物すべてが焼けてしまったのです。ところが不思議なことに、薬師如来だけは炎を避けて自ら谷川に落ちて難を逃れたのでした。

後に、再び火災が起こり全てがなくなったのですが、この時も薬師如来は住職によって運びだされて無事だったのです。このように幾度もの災難にあわれても無事であったことから、いつ時の頃からか厄除けにご利益があると言われるようになりました。お大師さまは、裏山の滝にある「南無阿弥陀」と刻まれた八畳岩の上で、七日間の修行をされました。その後、境内に五色の藤を植えられ、それにちなんで藤井寺と名付けられました。

五月の藤の花が咲く頃には、花見を兼ねて参詣される人々が沢山おられます。巡拝者の中には昇る石段ごとに一円玉を落とし、厄落しをしている方がありました。

出雲神奈備神社の境内にある藤棚を思い浮べました。紫の長い花房が地面に届くかのように見事に咲く光景です。

「花が喜びます。見て行って下さい」

宮司さんの奥さんの明るい声を聞いたような気がしました。

焼山寺

のちの世を思えば苦行焼山寺死出や三途の難所ありとも（ご詠歌）
焼山寺は、徳島県の名西郡神山町にあります。焼山寺の裏山を登ると奥の院ですが、途中に大師が護摩を修行した大岩があり、その岩の上には蛇伏せといわれている大師爪彫りの三面大黒天が残されています。
大黒天の像は、悪魔を降伏させる力を持つという戦闘の神様、毘沙門天の像は、手に持った塔から、珍宝を出し民衆に授ける福の神様です。弁財天の像は、水に縁深い神で、手に持った琵琶から心地よい音を出し、民を喜ばせる神で知恵の徳を授けてくれます。物を音に託して天に届けようとする女性の生命的願いが描かれた像です。学問、芸術の守護神の女の神様です。私は、そのたくましさになぜか惹かれます。三神一体となっているだけに除難、招福の神として信仰を集めているようです。

標高九百三十八メートル焼山寺山ですから、参詣する道は、「遍路ころがし」という異名があるほど険しいのです。蛇行して上に延びる小道を辿ると、荘厳な仙境を思わせられます。参道から境内へと続く百五十余りの巨木が続く杉並木が、その思いをさらに深めてくれます。遠くの山並みや雲間が眼下に見えます。幽玄な気配を漂わせ、物の怪が現れてくるような思いがします。

伝説が伝わっています。

　昔、この山には霊があるといわれ、人々は毎日のように山に向かって手を合わせていたのでした。山には魔力を持つ毒蛇がいて村里に出ては暴れ、人や農作物に口から火を吹くなどして害を与えていたのです。そのために、人々から大変恐れられていました。

　ある時、この山を遥か彼方より拝んでいた行者が来られ、仏様を刻んで祀られたので毒蛇は暴れなくなりました。やがて行者が山を降りられると、それをよいことに毒蛇はますます暴れました。折よく、お大師さまがお寺を開くために山を登って来られ、途中の一本杉の根元で疲れて休んでおられたのですが、阿弥陀如来様に

起こされました。

静かであった山が毒蛇のために、一面火の海となっていました。毒蛇はお大師さまが登って来るのを妨げるために、山火事を起こしたのです。お大師さまが真言を唱えられると、火がしだいに消え、山の九合目にある大きな岩まで行かれた時、全く火が消えました。そして毒蛇が姿を現し、お大師さまを飲み込もうとした時、虚空蔵菩薩が現れ、毒蛇はその場に平伏したのです。二度と悪いことが出来ないように大岩に毒蛇を封じ込め、その上に三面大黒天を祀られ、以来、天変地異が起こらなくなりました。

お大師さまは山が焼けていたので、焼山寺と名付けて寺を開かれたのでした。

大日寺
阿波の国一の宮とはゆうだすきかけて頼めやこの世ののちの世（ご詠歌）
徳島県徳島市にある大日寺は、四国霊場で宿坊を営んでいるお寺は二十数か寺と言われています。旅館のようなおもてなしはなくても、住職さんからのお話が聞けるという巡拝者としての贅沢さがあり、同じ志を持つ人たちとの出会いもあります。
作法という言葉があります。食事の前に、仏教の真理を詩の形で述べた言葉ですが、「一滴の水にも、天地の恵みを感じ、一粒の米にも、万民の苦労を思い、有り難く、頂きます」と唱えるのです。
大地に育まれた穀物は、夏の終わりと共に枯れてしまいますが、褐色に熟した種子は充実して硬く張り、大切に刈り取られて毎日の食卓に載ります。その姿は実に誇らかではありませんか。充実して働いた後に、年老いる身体も、誇りに満ちています。般若心経をおつとめしてから食事になります。

曲がりくねった鮎喰川は、さまざまに姿を変えながらゆったりと流れています。増水すると水没する潜水橋がありました。私の故郷である出雲にもあります。橋の趣きは違いますが、生活の道としては一緒です。

斐伊川に架かる横板式の木橋があります。昭和八年に出来たこの橋は、川北と島村というところを結んでいました。通称を妙厳寺橋、または山本さん橋と呼ばれていた島村橋です。大雨になり、水嵩が上がると水面下に沈むのです。

樹木と羊歯の茂る深山とそれに続く河原を駈け降りてきた快い風が吹いています。鬱蒼とした森と川にはさまれて大日寺、そして、総檜造りの二階建ての宿坊が佇んでいました。宿舎から阿波一の宮神社が道路をはさんで見えます。その道は、明治政府の強制的な神仏分離によってできた名残りのもので、神仏同体であったことを物語っています。

早朝のおつとめを終えて境内に立つと、すがすがしさを感じます。門を入った正面の所に「しあわせ観音」といわれる小さな観音像がありました。幸せを願い、敬虔な祈りを捧げるといいことがあるとされ、多くの参拝者に親しまれているようです。

ここには次のようなお話があります。

本堂の裏には昼でも暗い竹藪がありました。その片隅に崩れそうな雪隠がありました。大雪が降った日暮れ時、鹿の尻当てを下げ、杖にすがりながらの遍路さんが納経を終えた後、その雪隠に行きました。もう何度かの遍路なので、和尚さまとも顔馴染みです。両足が不自由ですから人並みに歩けないので、いつもの遍路をする季節が終わるこの時期にお参りをしていました。今夜はここの本堂脇で野宿をするのでしょう。

暫くすると、静まり返った境内で泣き声がします。どうしたのかと、和尚さんは急いで声のする雪隠に行きました。杖がないと立つことさえも出来ない遍路さんが、歩けるようになった両足をさすりながら、嬉し泣きをしていたのでした。

常楽寺

常楽の岸にはいつかいたらまし弘誓(ぐぜい)の船に乗り遅れずば（ご詠歌）

大日寺と同じ徳島市にある常楽寺です。「巡礼の旅なのだからお土産はなしにね」と、親戚や家族にそう言ったのに、お土産店の前に立つと心が騒ぎます。食事処で讃岐のうどんを食べ、和紙の栞を買いました。

最近は着たいものを着て、食べたいものが食べられ、住むのに不自由なく、毎日が暮らせるようになりました。衣食足って礼節を知る、といいます。人々の生活が豊かであれば、道徳心が高まって礼儀と節度が解ってくるという言葉のようですが、豊か過ぎてとかく心の問題が軽んじられ、人として持たねばならないことが見られない今の社会を思います。

四国寺巡りは、般若心経の旅ですから人として面目を失くすようなことは許されないと構えていましたが、それもいつしか和らぎます。

小雨に煙る池のほとりを歩いています。今朝から霧のような雨が、心を洗い清めてくれるように降っています。大降りにはならないでしょうが、一日降りそうな気配です。

ここは常楽寺。田舎でよく見かける溜め池のような堤がありました。冬眠している水の生きものたちが春の雨にノックされて、飛び起きて来そうな長閑さを思います。私は水も雨も好きです。落ち着けるからでしょうか。

岩肌がむきだしの参道。五十段余りの石段は自然石を青色や緑色が染めています。まるで水が流れているように見えます。

「流水岩の庭」と名付けられた奇岩でできている境内にも驚きました。岩盤の上に築かれた寺院は威厳をたたえています。本尊の弥勒菩薩が祀ってあるのは、四国霊場でここだけだそうです。頬に指をあて、遙か未来のこと、世界のことを静かに考えておられる仏さまです。お釈迦さまが亡くなられた紀元前四百年頃から、この世に現れて、お釈迦さまの救いが得られなかった人々を救う仏さまだというのです。本堂を覆い隠すように、常緑樹のアララギの木が立っています。そのお話です。

お大師さまは、この地に来て糖尿病の老人に会われました。持っていた宝木のアララギを削って飲ませたところ、直ちに治ったのです。お大師さまが、同じ病に苦しむ人のためにと残った木を植えられたのが根付いたのです。アララギの大木は地上三メートル位のところで十本位の枝が出ています。そこに可愛い小さな地蔵さんが祀ってあり、「アララギ大師様」と親しみを込めて呼ばれているのです。アララギは別名イチイとも呼ばれ、昔から神様の宿る木と言われます。

「君がいへに夜もすがらなる樅の雨ほのぼのとして鳩のなくなる」の歌は、アララギ派の歌人、万葉集の研究者として大きな業績を残した土屋文明が詠んでいます。樅は、別の名を「一位」ともいいます。同じ仲間の中村憲吉の生家、三次市布野町を訪ねて滞在した時の歌です。客間の前にこの木が植えられていました。「樅の雨」はこの一位の木に降り注ぐ雨を詠んだものと言われています。一位は別名「アララギ」とも呼ばれていることから、それを象徴する樹として植えたものだと思われます。この歌は国道五十四号線の布野川に架かる小屋原橋の親柱に刻まれています。昔、出雲街道と名前が付けられていた通りに、中村憲吉記念文芸館があり、土屋文明記念文学館は、群馬県高崎市保渡田町にあります。

一位の大木は二十メートルの高さで直径七十センチにもなります。秋には赤い実をびっしりと

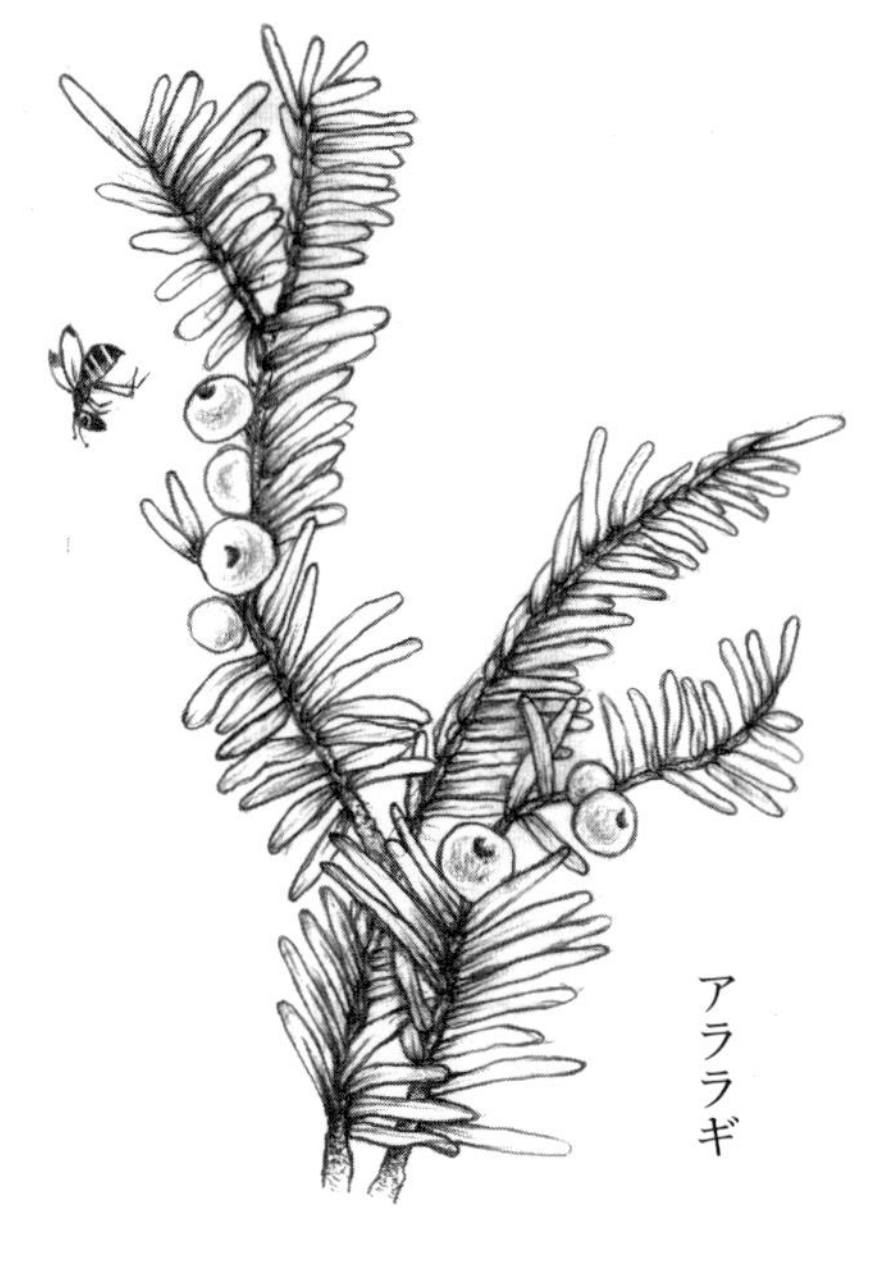
アララギ

付け、濃い緑の葉とのコントラストが目を引きます。生け垣や庭木に使われています。

旅籠での朝食が早かったこともあり、お腹が空きました。ウメは道端のお地蔵様の傍らに腰を下ろしました。お地蔵様は人々の様々な苦悩から信者を救うものとされています。

「七浦巡りです。目を患っております。どうぞお守りくださいますように」

心の中を全てお見通しのお地蔵様に、巡礼するウメの姿はどのように映っているのでしょう。叱られ、そしてまた励まされるかもしれないと思いながら、ウメは両手を合わせて七浦巡りの無事をお願いしました。そういえば、いろいろな地蔵様がいらっしゃると御津の宿で泊まった時に地元の人が、「法船寺境内の湧き出る水により〝いぼ〟が消えると言われている〝いぼ地蔵〟や、朝日山の麓にも眉間に大きないぼのある地蔵様もおらっしゃる。その先には〝子安地蔵〟がありましてな。ほかにも、刈畑地蔵、石地蔵、咳地蔵、穴地蔵なんぞがあって、このあたりの人達は、毎日の暮らしの中で、お地蔵様を心のよりどころにして過ごしておられますよ」と話してくれました。

そういえばその時、佐太神社の二人の姫の物語にも似たお地蔵様の話を聞いたことを思い出しました。

目の不自由なウメには、真向かいに聳えているのであろう朝日山を見ることはできませんが、その頂上にある朝日寺には二人の娘さんがおられたというのです。器量のいい妹の方が寺を継ぎ、どういう訳があったのか知りませんが、お姉さんは佐陀本郷深田の〝こぼし堂〟に祀られているということでした。〝こぼし〟というのは茶道具の一つで、点茶の祭に茶碗をすすいだ水を捨てるのに使います。そこから付けられたお堂の名前に、もの悲しさを覚えたのです。

ウメはうっかりその話を忘れ、通り過ぎてしまっていました。そういえば、ラフカディオハーンこと小泉八雲の怪談にも似た地蔵さんに纏わる昔話が残されていました。宿屋で臨時に賄のお手伝いをしている地元のおばあさんが聞かせてくれました、「子抱き地蔵」の話です。

それは、「村に博打の好きな者がおりましての。その男は博打のお金欲しさに盗みをしては、家に隠しておったそうじゃ。それを女房に見つけられてしまった。慌てて、心を乱し、とっさに恋女房を鍬で殺してしまったげな。女房は子を宿していましての、それも、臨月だった。お腹から胎児が出てきたから驚いた。男は己の罪深さを悟り、女房の後を追って首つり自殺をしてしまいました。憐れんだ女の里の者たちは相談して、子供を抱いたお地蔵様を建てて弔ったそうですよ。なんまんだ、なんまんだ」というお話です。

ウメは火事で亡くした与志子の小さな命の不憫さを思い、御津の宿で泣きました。

ウメはこれまで辿った巡礼を思い起こしています。巡礼のやり方は、人それぞれ違っています。出会った人から地域の歴史や文化、伝習を教わるのも、自分磨きの手法だと思います。神徳は自分で探し求めることで心の道が開かれるかもしれません。

佐陀から汐汲みをする片句浦へは登り道が続きます。無理をしないのが独り旅の掟です。ウメは体がきついと感じると休みました。木陰もあり、名も知らない小鳥が囀り、行き交う人の挨拶にも心和みます。

夕べは宿でぐっすりと睡眠がとれたこともあり、気持ちよく峠まで辿り着きました。旅籠の女将さんから七浦の道順を教わりました。下り坂になり、見下ろせば広く青い日本海が広がり、静かな漁師町が見えてきました。登り道より下り道は危険です。

四回目の巡礼になると歩く要領も心得たもので、周囲の状況判断で大きな怪我することもなく旅することが出来るようになりました。

片句の村境に来ました。注連縄が張ってあります。これは、道切りであり結界でもあります。悪い伝染病が地域に入らないために行われるのです。家々では神職さんに祈祷をしてもらった札を竹に挟んで立てられるのです。この頃では流行り病いも少なくなりましたがそれも大切な行事なのです。

薬師堂もあります。片句浦は遥か下の方です。ウメは白い金剛杖に伝わる地面の様子を、しっかり手先から受け止めて蛇行する坂道を下りました。

片句浦の小さな入り江に寄せくる波は穏やかです。竹筒に汐を汲み歩き出そうと顔を向けた先に、砂遊びをしている一人の女の子がいます。ウメは声を掛けてみたくなりました。

「こんにちは、神社にお詣りしたいけど、どう行ったらいいかしら」

女の子は笑って答えます。

「神社はうちのそばにあるよ」

ウメはあどけない女の子の後姿に亡くなった与志子の姿を重ねています。学校へはまだ行っていないようだから、歳は五つくらいかしらと思いました。女の子はにっこり微笑み手を握ってくれました。目が不自由なことを悟っての思いやりなのでしょう。与志子の霊が乗り移ったかのようで、ウメは女の子の可愛らしい手を思わず握り返していました。

砂のついた手を振り払いながら女の子は元気よく歩き出しました。与志子と手を繋いで歩ける幸せを与えて頂いた神のご加護に感謝するウメでした。

漁村はどこも同じで、坂道に折り重なるように家が建ち、生活の道は、荷物を運ぶ人がすれ違うのがやっと程の狭い道です。それが、隣同士の温もり、深い絆なのでしょう。

家々の軒下を何回か曲がりくねった先に鳥居がありました。一礼すると、目の前に一畑寺石碑が迎えてくれました。菊の花が手向けてあります。今回の七浦巡りは荷馬車に乗せてもらっ

たこともあり、一畑寺からの出立にしなかったので有難く思えました。手水鉢に樋から流れ落ちる水を柄杓に汲んで手を清めていると、女の子も両手を伸ばします。ウメは女の子のためにもう一杯、柄杓に水を汲みました。

「まあまあ、ここにいるの。おじじに付いて行ったから、てっきり浜で遊んでいると……」

駆けてくる足音と太い声にウメは振り向きました。

「あのね、あたし、巡礼のおばちゃんをお宮さんに連れてきてあげたよ」

「ああ、そうだったかね。巡礼さんにいいことをしてあげたね」

「ああ、おばあさんですか。私は少し目が悪いので……」

「こんにちは。目がご不自由なようだが、あなたさんは四十二浦巡りですかね。急がれん旅なら、お詣りがすんだら、お茶でも飲んで行きなされ。葦簀が見える、あの家ですけん」

ウメは女の子と、もう少し居たい思いに心が動きました。今晩の宿は、大師堂と決めています。来た道を帰るのですから、容易なことなのです。少しの時間でもいいから、女の子と一緒に過ごせたらどんなに幸せなことでしょう。

神社に汲んで来た汐を手向けると女の子の家に向かいました。暦の上で秋のお彼岸は過ぎていますが、残暑はまだ強く、縁側に吊るされた葦簀の影が座敷まで伸びています。女の子がウメの前に茶盆を置きました。お餅です。

「ありがとう」と言いながら、ウメは女の子のはち切れそうな赤い頬と、いっぱい餡の詰まったお餅を見比べています。

「おじじもいますが、おばばの私もですけども、若いもんも、みんなお餅が好きなもんだから、しょっちゅう搗くんですよ」と言いながら湯飲み茶碗を差し出しました。

「農家に行って、お魚ともち米の物々交換ですがね。だから、家族は多いけど食べるものには苦労をせんですむ。今年は神社を担当する若頭に選ばれてね、ふた親の揃った男で大餅を搗きましたが。それを背負って大日堂に上がり、餅を堂の正面の梁にかけると、和尚さんによって般若心経が唱えられるんですよ。行事の終わりには栗の木で作られた〝ミタマ箸〟を庭に集まった人々に向けて投げられますけん、それを拾って仏壇に立てておきますがな」

「浦々には、昔から伝えられているいろいろの行事がありますね。それを守り残そうと努力されている人たちがいらっしゃる。仏さんも神さんもこの片句もそうなんですね。仏さんも神さんもいっしょとは不思議です」

そう言いながらウメはクスッと笑い、いけないことを話したかなと思い、口に手を当てて下を向きました。

おばあさんは、「わしらにとっては、仏さんも神さんも大切ですわな」と、女の子の頭を撫でながらウメの方に向かって大声で言われたのです。

ウメは照れ隠しの積りでお餅に被りつきました。程よい甘さの粒あんが、口の中いっぱいに広がりました。生まれた荘原の家でも、よくお餅を搗いては小作人に振舞っていたのを懐かしく思い出していました。

女の子から慕われたのか、ガラスのおはじきをしようとねだられて、ウメは童心に返って時が過ぎるのも忘れて遊びました。

帰り際に、女の子から紙に包んだお餅を手渡されました。ウメは女の子の両手を握り締めながら「ありがとう、与志子に出会えて嬉しかったわ」と、心の中で小さく呟いていました。

ウメは片句の浦に向かって山道を登って行きます。片句にある八幡宮に行くつもりなのです。影の私は、そんなウメの後ろ姿を見ながら歩いています。山道を登りきったところに出ました。日本海が見えます。白い波が幾重もの帯を作っているようです。高いところから見ると穏やかな海に見えるのですが、本当は波の高さが多分三尺はあるのではないかと思えました。左手には倉内とよばれる湾があり、その向こうにはナズナ鼻と名づけられた岬の突端が微かに見えました。暫く立ち止まって海を眺めていたウメは、再び歩き始めます。ほんの少しですが下り坂になっていますから、ウメの足が早くなりました。影の私も遅れないように、ウメの背中を見ながら小走りでついて行きます。

影の私はウメには見えません。いいえウメだけではなく、誰にも見えません。私はウメの願いが叶うようにと思いながら、いつも影となって一緒に巡礼をしているのです。

私の目に、ふっと四十年先の片句が見えて来ました。東の方にコンクリート造りの大きな幾つかの建物が、そして巨大な排気塔があります。建物の前は日本海です。未来を見透すことのできる影の私には分かります。

それは、原発とも呼ばれる島根原子力発電所なのです。まるで八岐大蛇が横たわっているようです。斐伊川から宍道湖に、そして佐陀川を通ってやって来たか、遠い南海から泳いで来た白い海蛇のように、海に向かって建つ建物が大きな口を開け、排気塔は口からのぞく舌にも見えました。窓のない建物は、体の中を見せまいとしているような大蛇です。原子炉を体の中に呑み込んだ原子力発電所ですが、大蛇の体が横たわるのは、日本海に沿って半里、海辺からは歩けば十分もかかりそうな広い場所です。

その土地に原発を作ることが決まったのは、昭和四十一年の十一月でした。営業用の原子炉としては日本で六番目で、西日本では初めてのことでした。しかも国産の原子炉を使った最初の原子力発電所だったのです。そして昭和四十八年の六月に原子炉は試運転を始めました。昭和二十年八月、広島に落ちた原子爆弾と同じ力を持つ原子炉です。この発電所が、影の私も含めてウメや島根半島に住む人達にどんな恩恵と影響を与えるのか、本当は誰にも想像がつかないのです。もちろん、海を眺めていたウメには、そんな光景も、何百年も先のことは見える筈がありません。知っているのは、島根半島に住まう四十二浦の神々だけだと、影の私は思うのです。

手結浦　津上神社（津神大明神）

垢離取歌

天津神国津神代の御連縄手ゆひのうらに今も絶せじ

片句の大師堂で一夜を過ごしたウメは、少し寝不足でしたが、外は清々(すがすが)しい朝でした。大師堂で泊まった人達の中に、三人の兄弟連れがいました。何やら小声で話しています。亡くなった父親は漁師で、底引き網船の立派な漁労長で、太平洋戦争の末期、その腕を見込まれて海軍兵になり戦死したというのです。母は残された三人の子どもを鉱山で働きながら、学校に行かせてくれたということが分かりました。ですが、これから親孝行が出来ると思っていた時に、砕石の機械に挟まれて亡くなったというのです。その母の供養をするために巡礼をしているようです。

もう一人、若い女の人がいました。お互いに、どんな事情で島根半島四十二浦巡りに出掛けたのか、話をしないのが巡礼の礼儀だと心得ているウメです。気さくに話してくれる人もいるのでが、胸の内を話すこと

で救われることもあるからだとウメは思います。

今日の目的地は汐汲みをする手結浦ですが、巡礼ではあまりないことに、その若い女との二人連れで出立しました。巡礼者の一人なのですが、島根半島の西の端にある日御碕から始めて、東端の美保関まで行くという若い女です。

四十二浦巡りは西回りか、東回りをしているのかと訪ねられたので、ウメは正直に答えました。

「私は東回りで福浦からの出立です。今回は四回目になるんです。でも目が悪いのでなかなか難儀です」

女はしばらく無言で歩いていましたが、気まずいと思ったのか、たまりかねたように言いました。

「私はね、日が暮れたので大師堂で泊まるために、恵曇神社へお詣を済ませてからここに来たの。泊まられる巡礼さんは、もっと、多いと思っていたけど少なかったわね」

話しかけてくるのですが、ウメはその返事に「ごめんなさい」と言って、それっきり口を閉じました。

夕べは、みんなで夕食を一緒にして、それぞれが決められた寝床に就きました。寝る前に若い女がウメに言ったのです。

「明日の朝、手結浦の津上神社へはご一緒しましょうね」

「いいえ、お言葉は嬉しいのですが、目のせいでなかなかほかの人と一緒に歩くことが難しいんです、すみません。それに私は一人旅にも慣れておりますから……」

ウメは筵に両手をついて頭を下げました。

「旅は道連れとか言うじゃありませんか。私は初めての巡礼で、ほんとは心細いんです。急いだ旅ではありませんし、お大師様が与えてくれた縁ですよ。ご一緒させて下さいな。私は片句方面へ、あなたは恵曇方面。ということは、手結浦の津上神社までですが、道は危ないところがいっぱいです。お役に立ちたいんですよ」

「ありがとうございます。おやすみなさいませ」

ウメは横になって目を閉じました。

部屋の奥の方では三人の兄弟達が、それぞれが仕事の話を熱く語っていたようですが、いつの間にか誰もが寝息を立てていました。

入口辺りに床を敷き、眠られぬまま朝を迎えたウメです。ウメと体を寄せるようにして横でよく眠っている若い女の巡礼者を起こさないようにして、身支度を整えると夜が明けない内に大師堂を出ました。昨日の夜は誰もが二食分のおにぎりを作りました。地元の人のご好意でしょうが、ジャガイモ、サツマイモ、玉ねぎ、里芋などの根菜類がトロ箱に沢山入れてありました。巡礼でいうご接待です。

みんなで味噌汁を作ったり、芋をふかしたりして朝食を摂り、ゆっくり体を休めてから出掛けると、若い女は言っていました。でもウメは何もかも一緒に行動することには躊躇いがありました。健常者と違うことをいつも心に留めているウメですから、それに、今度の旅は義父の容体が気になるのです。古浦天満宮にお詣りしたら一度、帰ろうかな、などと考えてもいるのです。少しの時間も無駄にはできないからです。

坂道を滑らないようにと一歩一歩ゆっくり下ると、雑木林に細く白い道が見えます。恵雲から続く海辺の道です。昨日は片句の八幡宮にお詣りしてから、宿坊である大師堂まで、一度通った道を戻ったのですから、昨日の夕方通った道をまた歩くことになります。しかし、一歩間違えると崖から転がり落ちてしまいます。これまで数え切れないほどの危ない道を歩いてきました。油断禁物が我が身を守ってくれます。何度もそれを経験しました。その積み重ねで慎重に行動するようになっていました。

もうそろそろ、手結浦へ下る道があるはずです。ウメの後ろに砂利を踏む足音がしたと思うと女の声が背中に届きました。

「おはようございます。ご一緒に、とお約束しましたのに……。私ね、その前の晩は船小屋で休んだこともあり寝不足だったんで、昨夜はよく寝てしまったわ」

急いで走って来たのか息を切らしながら、ウメの後ろの方から声を掛けてきます。すぐに誰だか分かりました。大師堂で一緒に泊まった若い女の巡礼者です。振り向いて、「おはようございます」と挨拶をしました。

「あなた、歩くのが早いわね。巡礼者の中に目が悪くもないのに、そういう振りをしてご報謝にあずかろうとする巡礼者もいるらしいわよ」

ウメは女の口から出た思いもよらない言葉に嫌な気持ちになりました。世の中にはそんな巡礼者もいるらしいのは知っていたのですが、この女に自分もそんな目で見られたことに、思わず息のとまるような驚きと怒りで女を見詰めましたが、女は平気で言葉を続けます。

「夜が明け始めたわね。あら、重そうな荷物だけど、持ちましょうかね」と言ってウメの手荷物に手を掛けました。

「いいえ、荷物は私の分身みたいなもの。それに、出立してまだ間もないので平気です」

「でもね、まだまだ、何日も歩く巡礼じゃありませんか。少しでも、楽な方がいいに決まっているわよ。手結浦までの短い距離だが、遠慮はいりませんことよ。まだ、陽が昇っていませんから、危険なところもあります。道案内ですよ」

　親切心で言ったのでしょうが、ウメは歩き始めたばかりでもあるのですが、先ほど言われたことが胸をえぐられたように痛みます。冷静になり迷いながらも断りました。

「ご親切に有難うございます。これも修行ですから」

　若い女は、聞いたのか、聞こえなかったのか、相手の心などどうでもいいのか、あるいは無頓着なのか、ウメの後ろを歩いていいます。擦れ違いができるほどの道

幅ですから、歩くのが遅いウメを越して先に行かれてもいいのに……。ウメは歩みを止めて立ち止まりました。

「手結浦で汐汲みするアナシオへの道は解りますから、お先にどうぞ、行って下さいませ」

「一人より二人旅の方が楽しいですよ。ほれ、ここから二つの方向に分かれる道になっているでしょう。右の道を行くより左の道を行った方がいいですよ。なぜってね、この先に大日堂、禅慶院があるんですよ。ほら、夕べ、話したでしょ」

ウメは手結に行った時に寄ってみたいと思っていたところです。因幡二十士事件のあった場所だからです。大師堂で女はウメが知っていないだろうと思ったのでしょう。語ってくれたのです。知らないふりして聞いていました。女の押しつけがましい話に、因幡二十士事件のことをすっかり忘れていました。

勤皇志士の遺物は、禅慶院の記念館に保存され、手結浦が一望できる裏山にはお墓と記念碑がありますから、ウメは道端に跪くと両手合わせて般若心経を唱え始めました。若くして尊い命が散った状況が浮かんで来るようです。不思議な畏怖がウメを取り囲み、しばらく目を閉じていました。

突然、何か異様な空気が漂ってきました。大声で叫びながら走る数人のけたたましい足音が地響きのようになって襲ってくるようです。何が起きたのだろう、ウメは座わり込んだまま、身の毛がよだつ思いです。

ほどなく近付く人の声を聞きとることができました。

「スリだッ」

「スリだぞぉ」

「捕まえろっ」

ウメは立ち上がり、声のする方に顔を向けました。駆けてきた人は、夕べ片句大師堂で泊まっていた三人の兄弟たちです。

「寝床の下に敷いて置いたお金が盗まれた」

声を荒立て、激しい口調で、ウメを睨んでいます。

「優しそうな顔して、般若か」

「お前が盗んだろう」

「目が不自由なのも芝居なのか」

怒声を浴びせられて、魂を奪われたかのように暫く放心状態で立ち竦んでいました。

「お金を返してくれれば、俺たちはそれでいいからさ」

ウメは自分が泥棒だと疑われているだと、やっと察しました。ウメは動揺している心を静めました。唇をかみしめながら、うな垂れて腰を落としました。

目を落とした先、そこにあるはずの頭陀袋が見当たりません。ウメは慌てました。そして、頓狂な声で叫んでいました。

「アッ、ない、ないわ」

ウメは般若心経を唱える前、肩にかけていた頭陀袋を外して脇に置いていたのです。それが無くなっていることに気づいたからです。先ほどまで一緒だった若い女の姿がありません。自分も掏摸に荷物を盗られたようです。

ウメは見えない目をこすりながら辺りを見回し立ち上がり、おもむろに振り返り三人の兄弟に静かな口調で言いました。

「みなさん、いま気づいたのですが、ここに置いた私の荷物がないんです。般若心経を唱えている隙に盗まれたようです。先ほどまで、夕べ一緒に泊まった女の人と一緒でした」

「アッ、あの女か」

「まだ、遠くへは行くまい。どこかに隠れていると思う、探せぇ」

「あんたを疑がってすまんだった」

「スリを装うような人ではないと思っていたんだが……」

「俺らは、まだ、修行が足りんな、すまん、すまんことした。あんたも盗られた人だ」

「村人に出会ったら、駐在さんに手配を頼んでください」

「あなたは目が不自由だ。禅慶院で待っていてください。きっと、あの、女を捕まえてみせますけん」

ウメは必死になって、這いながら坂道を行こうとしましたが、足が震えて歩けません。

ウメは蹲ったまま目を閉じていましたが、おもむろに顔を上げると、まだ、夜が明けず眠っていた手結の漁村の家々に、一軒、一軒、明かりが点き始めました。着物の裾を捲り上げた人、寝間着姿、割烹服の人、騒ぎに驚いて駈けて来ます。鎌や鑓、棒、鍬を持っています。

「女スリだそうだ」

「家の軒下、納屋に隠れておるかもしれん。探してくれ」

「船小屋、岩陰、津上神社境内もだぁ」

「今しがたのことだけん、ここら辺に隠れているでぇ」

ウメは弾慶院へは行かず、喧噪の中で両手を合わせて祈っていました。どのくらいの時間が経ったのでしょう、遠くの方から聞こえて来ます。

「スリの女を捕まえたぞぉ」

「捕まえた、やっぱりあの女だ」

駐在所のおまわりさん、竹竿を持った男や女の姿が見えます。

ウメの元に頭陀袋が返ってきました。お賽銭、お菓子、お経本に挟んでいるのは、火事で亡くなった赤ん坊だった与志子と行方不明の夫である和太郎の写真――。ウメは袋を胸に抱きしめました。手結浦で暮らす人々の堅い絆を思いました。

「神様に仕える巡礼者の振りをして旅人や、村人をかどわかしたり、ものを盗んだりする者も時々いるようだ」

「四十二浦巡りは目の不自由な人たちが開眼を願って歩かれている人が多いから、狙いやすいのだろうかね。長道中、あんたさんも気をつけなぁ」

ウメを囲むように集まった人から、温かい声が掛けられます。老爺がウメの傍に近づいてきました。

「心が落ち着きましたかね。どういう事情があるのか分からんがお若いのに巡礼をしなさって、こんなことも修行と思いなされ」

「はい、ありがとうございます。みなさんにはお世話になりました。七浦巡りは四回目になります。お蔭さまで、目が不自由ですが、浦々で出会う人たちに支えられて巡ることが出来ています。有難いことです」

ウメは掏摸に出遭ったが、それでも被害がなくてよかったと思いました。それよりも、興味を惹かれたのは掏摸の女が大師堂で語ってくれた話でした。世間の裏道を歩く仕事をしているせいかもしれない。継母の実家が手結の浦であったと話の後で、小声でぼつりと言っていたが詳しいことは語りませんでした。しかし、どうして、そこの家で泊まらなかったのか。また、顔見知りの人達もおられる手結浦で事件を起こそうとした女の心の奥底には何があるのか。分らないことだらけでした。

三人の兄弟が語ってくれた、手結浦変事の話をウメは思い出しました。


江戸の終わりの頃よ、尊王と攘夷の騒ぎがあった。尊王ってのは、京都の天皇様を大事にすることじゃ、攘夷は外国から来る敵を追い払うって話。

での、因幡二十士、因幡ってのは、ほれ隣の鳥取のことだが、そこの尊王で攘夷の考えの侍二十人のことだ。尊王と攘夷に反対して、江戸の幕府を守ろうとする身分の高い家来を襲って四人ばかりの重臣、名前は黒部、早川、高沢、加藤を殺したんだ。

それで、京の都で天皇を大事にして鎖国を続けようという公家や長州藩の藩士達、長州っては山口のことだが、それらから褒められたのよ。

　重臣の命を奪った二十人、因幡二十士には何のお咎めもなくて、京都に暫くいた後、鳥取藩の黒坂にある泉龍寺に移された。だが、殺された側からの仇討ちを防ぐために、更に鳥取藩の家老などの屋敷に閉じ込められたんだ。

　二十士は、詫間樊六、大田権右衛門、吉田直人、中野治平、中原忠次郎などだったそうな。ところで、文久三年の夏っていうから、さていまからかれこれ六十年ばかり昔だが、京都の本圀寺（ほんこくじ）な、この事件はこれで終わらなかった。殺された重臣の家族などは復讐の思いをしだいに強くしていったんだ。

　年号が変わった慶応二年の秋だった。長州征伐が始まって、幕府の軍隊が攻撃を始めると、二十士は長州に向かうため、鳥取藩の家老屋敷を脱走し、日本海を船で西に下るんじゃ。ところが、運悪く、大雨がふったんで、手結の浦の港に避難した。その頃は、浜田城は落城し、長州藩は石見の国を占領して出雲の国の境目まで迫ってきた。松江藩は、長州が入ってくるのを警戒して手結の港も役人が警戒しとったから、二十士は捕まえられて調べられた。二十士は偽名を使って逃れようとしたが、役人は認めない。仕方がないので二十士は詫間などの五人を人質にして残し、残りの十五人は日が暮れるのを待って手結の港を出て行った。

　だが、京都で殺された重臣の家族は、二十士が家老の屋敷から脱走したと知り、追っ手の十八人がやって来た。五人が手結の浦にいると知って居場所を探し当てるんじゃ。

「父上の仇」と叫んで若い侍が襲いかかった。斬り合いになって詫間ら五人は首を切られる。京都で切られた重臣のほかの家族や家臣の四十人が、鳥取から刀や脇差を持って助太刀に来た。手結の浦は、大騒ぎだった。


一緒に聞いていた兄弟の男の一人が付け加えました。

「これをのう、わしらは〝手結の浦の変〟って言うのよ」

この兄弟が暮らしているところはどこなのでしょう。それに江戸時代が終わって明治になり、そして昭和が始まっています。新しい時代が少しずつ見えてくるんだと、そんなことをウメは思っていました。

「ああ、そうだ因幡二十士の墓がの、手結にあるわい」と、男が言います。掏摸事件で、夕べ、話したことを忘れているようです。ウメは初めて聞くかのように、「お墓はどこにあるんです?」と言いました。

「墓は禅慶院の裏山にあるよ。日本海がよく見える場所じゃ。五人分の墓だがな」

兄弟が話し終えた時、ウメは因幡二十士が思いを込めて目指した長州に続く海を見たいと思いました。その日本海は、夫の与三郎が漁に出たまま行方が分からない海でもあるのです。

大騒ぎがおさまったのにまだ帰ろうとはしない老爺がいました。巡礼のウメが気になっている

のか、声を掛けられました。

「浦々の神様は悪戯が好きな神様もおいでだ。被害がなくてよかったですな。それも、試練と思うことですよ」

「この浦は、お分かりかな、手と結と書いて、手結(たゆ)という。昔から、たゆは手と湯と書いて手湯とも書かれ、潔斎を行う場所にふさわしいとされているのだよ」

ウメは頷いて頭を下げました。

「そうなんですか……」

「巡礼さん、手結には汐汲みをする日向穴と、塩穴と言われている忌み明けの汐汲み場があるのを知っておいでであろう」

古老の話に割り込むように、別の年配の男の人が口をはさみました。

「昔は二つの洞窟があったそうな」

「今はアナシオと言っておるが、そこへ行きたいだろうが、だけどね、今日は波が高い。海岸の道は波が上がって危ないからよしな」

縞柄のエプロンをしたおばあさんが、古老の後ろから顔を出して言いました。

「そうじゃな、津上神社に石段脇に一畑灯籠さんがおらっしゃるが、そこから浜へ降りてアナシオの方角へ手を合わせて禊ぎをしなさい。今日のように時化た日には、巡礼さんはそうしておいでだ。岩場にアナシオと刻まれた石柱が置かれてる。昔、津上神社の山の北側下辺りに塩穴の洞窟があったそうな。忌明けのための汐汲み場でしたよ。ですが、西側の寺島に橋を渡す工事の時に埋められてしまった。今ではそこが汐汲み場所になっていますよ」

老爺が語り終えると、竹竿を振り回していた若者を指さしていいました。

「この人は汐汲みの神社とされている津上神社の神職さんじゃ。東京の学校を出て帰ってごだっしゃった。若いがいろいろのことを知っておらっしゃる。巡礼さんはお疲れだ。拝殿でお接待を受けていきなされ」

先を急いでいるウメですが、拭い切りない心労を見抜いて声を掛けてくれたことが嬉しく思えました。地域には、昔話や歴史などを巡礼者に語ってくれる生き字引のような人がいらっしゃる。今までもそんな人の出会いがありました。貴重な知識となって心を支え豊かな気持ちにしてくれるのです。

「朝のお茶は心を静めてくれますで。汐汲みをなされたら、一緒に行きましょうかい」

一畑灯篭が迎えてくれました。急な石段をゆっくり上がる甘いお茶の香りが漂って来ました。真っ直ぐ湯煙が昇り、静まり返った空気を破って、寄せては返す潮騒の音が微かに聞こえます。警察に捉えられた掏摸の女が浮かんできました。それを払うかのように神職さんの声がしました。

「お詣りなさいましたらお急ぎでしょうが、少し、心を休めて行きなされ」

「ありがとうございます。私は鷺浦で暮らしているウメといいます。四十二浦巡りをしています」

「白装束、その出で立ちで分かります。目が不自由でいらっしゃる。お若いのに、いろいろご苦労もおありでしょうな」

「汐汲み神社の神さんは、速秋津日子神（はやあきつひこかみ）・速秋津比賣神（はやあきつひめのかみ）さんで、海や川を支配する神さんです。ここは海で魚や貝、海藻などが採れるので暮らすのにいいと思われて鎮座されたと聞いてますがね。ここの神社に伝わる頭屋行事の話をしましょうかの」

「はい……」


――六歳から十歳までの時に頭だまりを経験したものが老いると頭年寄（とうどしより）になれるのだが、神職が三宝の上に可否を書いた紙を置き、采配でその紙を吊り上げて頭だまりに相応しいのか占う。様々な儀式があるがの、式に先立って大日堂へ鯛、鯖の頭を開いたものを供える。タナジルと呼ばれる黒豆・ひじきを煮しめたもの、チョーギリ大根と言って、大根を細かく刻んで酢味噌をかけたものとかを八つに盛る。これとは別に、土で造ったかわらけ（素焼きの杯さかずき）三枚を載せた折敷がある。頭だまりの子どもはこのかわらけを持って帰り一年間、氏神として祀る。

祭礼日の三十日まで、汐を汲んで参拝しなければならず、また、毎月、一、十五、二十八日に参拝することをしなければいけない。祭礼の夜が来ると、頭開きの家のオモテで余目野井（よめのい）神事が行われ、神職二人が爺婆の面を被り、頭だまりの母が嫁となる。三升飯を半簞（はんぼ）、飯櫃（めしびつ）のとだがそれに入れて杓子、すりこ木を添え、それを漁師が使う。

鰯縄鉢に鰯縄を入れて、その上になます皿七枚を載せて床に飾っておき、その場に爺婆に嫁が出て来て、爺は床柱、その左に婆、続いて嫁が座る。爺婆の間に飯櫃を置き、爺はめぐり、婆は杓子を持って問答を行う。

爺が言う。「婆さん一番婿から蓬莱さんまで仲良く盛らねばいけぬが喃（な）」、嫁が「そげだぞや」と言い、皿を一枚取り上げる。ここで神官達が「盛りやれ盛りやれ嫁の飯盛りやれよ」と囃す。

お婆は婿の飯を盛るが、婆が婿をかわいがってたくさん盛ろうとすると爺はめぐりで邪魔をする。盛り終えると、爺が一番嫁の飯をめぐりで盛る。これを婆が杓子で邪魔をする。一番嫁が済むと二番婿となり、三番嫁まで行き、最後が蓬莱さんとなる。これらを盛り終えると縄鉢に入れ、神職がこれを捧げる。この下を嫁が右三度、左三度回る。——


浦々ではいろいろの仕来（しきた）りがあることを教わりました。蓬莱（ほうらい）とは、古代中国で東の海上や海中にあって、仙人が住むと言われていた 仙境の一つです。道教の流れを汲む神仙思想のなかで説かれるものであるとも知りました。

今夜は古浦天満宮の近くにある漁師の家に泊めてもらうことになっています。鷺浦へ荷馬車で肥料を買いに来た馬車曳きの学さんの紹介です。次の汐汲み神社である恵曇神社にお詣りすると、近くに神職のお住まい横屋さんがあり、学さんに連絡を入れてもらうようになっているのです。日暮れまでに着かないと、また心配をかけてしまいます。掏摸の女の騒動で半日が潰れてしまいました。江角浦へ越す海岸線は沢山の島が海に浮かぶ絶景ですが、道幅は狭く、それに、切り立った絶壁の崖が続き、危険な道だと学さんから聞いています。

「ゆっくりと、時間をかけて歩くことですな」と言ってくれています。

ウメは歩き始めてすぐに、何かに足を引っかけて前につんのめってしまいました。それもそのはず、木の枝から垂れ下がった葛の蔓が道一面に這っているのです。それに足を取られたのです。転んだのですが膝と手を付いたから崖から滑り落ちないで済みました。ウメは泥と落ち葉を払い立ち上がると、草鞋の紐をしっかりと結びなおして歩き出しました。地面いっぱいに絡み合った葛の茎です。ウメは杖にしがみ付きながら、足を思い切り高く上げて一歩一歩地面を踏みしめ、歩き出しました。心地よい潮騒が海風に運ばれてウメの耳に届いてきました。

「転んだら大けがをします。この道を今時分は通る人とて少ないですよ。朝夕は行商が行き交うのですが。崖に転び落ちて大声を出しても、誰も助けてくれる人はいませんからね、ゆっくり歩きなされ」

ウメは深呼吸を一つしました。

葛

万葉歌

我が宿の葛葉(くずは)　日(ひ)に異(け)に色づきぬ　来(き)まさぬ君は何心(なにごころ)ぞも

この歌は、私の家の葛の葉が日に日にいっそう色づいて来ました。来ないあなたはどんなお気持ちなのでしょうか。「異に」は「よりいっそう」という意味があります。

影の私は、葛のことを書いた短い物語があります。

心模様

遠く南の山の稜線が霞んでいる。昨夜、雷を連れて来た梅雨前線が止まっているのか、今にも雨が降りそうな灰色空である。「私の心模様を表しているような天気だこと」と加奈子は呟いた。つがいの青サギが松の枝に仲良く止まっていることも面白くない。

一週間前、夫とお中元の買い物をする約束をした。楽しみにしていたその日が今日である。お互いに倦怠感があるのか、私という妻の存在を忘れているような、そんな、この頃の夫の行

葛

万葉歌

我が宿の葛葉（くずは）　日に異に（ひにけに）色づきぬ
来（き）まさぬ君は何心（なにごころ）ぞも

動が見える。久し振りに二人で出掛けることで、それが解消できるのではないかと思った。いつも慌ただしい朝の食事準備も、勤務が休みということもあるのだが、加奈子は夫とのショッピングに心弾ませてキッチンに立っていた。

「おい、ピンクのシャツが見つからないんだけども、クリーニングに出したのか？」

まだ、ベットの中で寝ていると思っていた夫の声がガラス戸を震わせる。苛立つと大きな声になる。加奈子は煮物の鍋の火を消し、小走りに廊下を行く。

「あら、お休みの日なのにもう起きたんですか。お買い物は午後のはずでしたわよ」

「仕事だ。担当の者が都合が出来て替わってやったんだ。イベント会場に行かねばならん」

いつも、こうなる。要領よく世渡りしている人もいるのに、夫は勤勉で、立ち回りが下手だから損ばかりしてる気がする。外面（そとづら）のいい夫の裏切りには慣れてはいた。子育てを終えた今、お互いが自由に過ごしているとはいえ、夫婦に隙間風が吹くのを加奈子は悲しく思うのでした。

わだかまりを押さえるかのように、加奈子は車を走らせた。〝歴史の小路〟と名前が付けられた山の道は、出雲市平田の旧本陣記念館に続く散策路である。池の畔に立てられた看板に引き寄せられたのだ。平田に住んでいながら初めて歩く路である。

葉桜の並木が竹薮に続いている。市街地を通り抜けて舞い上がった初夏の風が、山野草をなびかせ、加奈子を追い越して行った。護岸工事が中断されたままの船川に近いこんもりとした森は宇美神社だ。市役所や商工会議所、市民病院、ホテルなどの高い建物が点在する街並みが一望出来る。ひなびた風景が、知らぬ間に躍動感溢れる町に変わっていた。

緩やかな勾配を犬が駆け下りて来た。手綱を握りしめた初老の男の人が、加奈子をチラリと見た。口元が笑っている。「やぁ！」それだけ言った。誰だろう、加奈子を知っているような雰囲気を残して通り過ぎて行った。ニットシャツの背が遠くなる。曲がり角に消えるまで、加奈子の目はその人と犬を追っていたが思い出せなかった。

崖を這い登った葛が道に長く茎を伸ばしていた。夏の暑い七月から九月ごろ、青々と生い茂った葉の陰に花を咲かせる。桃色と紫色の花びらが交じり、房状でのぼり藤のような形で甘い香りを漂わせる。金網の柵に絡み付いたり、手当たり次第に電柱などにも捲きつき、邪魔者扱いにされることもある。だが、その生命力の旺盛な姿には圧倒されながら、すれ違った人のことを加奈子は再び思い出そうとしていた。

入り乱れた記憶の糸のように、蔦が加奈子の心の中にまで絡み付く。そのことを忘れようと、山辺に目を移した。下草がきれいに刈り込まれている。落ち葉が積もった日陰に羊歯草のウラジロがある。名前の通り裏が白っぽい。羽状の葉が左右対象で、〝もろ向き〟ともいい、夫婦和合の象徴とされている。また、〝夫婦ともに白髪の長寿〟にもなぞらえたものらしい。常緑で段をなして成長することから繁栄の意味を持つ縁起の良い草ともされている。

加奈子はウラジロの葉に手を触れながら、今朝、出掛けて行く夫に向けた態度を思う。気持よく笑顔で送り出しただろうか。ウラジロが風の中で微かに動いた。

恵曇浦（江角浦）　恵曇神社（北野天神）

垢離取歌
妙（みょう）や爰（ここ）に北野の神のます標（しるし）に立（たつ）る松と梅とは

ウメが島根半島の浦々、それも四十二の浦で汐を汲み、そこにある神社を巡る巡礼の旅をするようになってからもう三年になりました。それは漁に出たまま行方知れずになった夫の与三郎の無事を祈り、突然襲った家の火事で亡くした娘の供養のために、浦を巡っているのです。ですが巡礼の道は島根半島だけではありません。

随分と昔の奈良時代のことですが、大和国にある花のお寺とも呼ばれる長谷寺の徳道上人が冥界とも呼ばれる死後の世界、あの世に行かれたことがあり、その時、閻魔大王から観音菩薩に縁のある三十三所の刻印を授かりました。上人は、それから観音様を信仰すれば功徳があると、多くの人達に勧められるようになったのです。そのことから西国三十三所の観音巡礼といわれるようになりました。

それ以後、その信仰が広まり、人々は、所願成就、無病息災、罪業消滅を祈るようになり全国に広まりました。もちろん山陽道から山陰路へと続く三十三の観音霊場もその一つということをウメは知っています。

中国山脈を背骨にして山陽と山陰に分かれていますが、中国地方にある霊場は、それぞれが霊験あらたかな観音菩薩の縁起を持っていて、しかも有名なお寺ばかりです。遠く大和や山陰はもちろん山陽の方へ行かずとも、ウメもですが、自分の住む島根半島の巡礼をしたいと思うのが人々の常なのです。近くのほうが楽でよいというのは、不自然なことではありません。どこの霊場であっても信仰には変わりないのですから。

当然ですが近くでも遠くであっても、霊場を訪ねて歩くことは〝行〟なのです。巡礼者が歩く道は島根半島のように海沿いはもとより険しい山道もあれば、静かで穏やかな景色に恵まれることもあります。

ウメは巡礼の道を観音様を信じて念じながら歩くうちに、自分の体と心が満たされ、きれいになり、罪や穢れが自然に消えて行き、自分自身が仏様によって高められると感じるのです。

信仰するということは、仏様と一つになることと言えるでしょう。たとえば、自分のことだけを考えるのではなく、相手のことも信じ、相手の立場に立って考え、何事も相手のためにするのです。それは相手と一緒に幸せになることでもあります。そのように考え、毎日を生きていくことが信仰の道なのです。

ウメが島根半島の海岸伝いに浦を巡るのは、日本海へ漁に出たまま帰って来ない夫の与三郎を待っているからです。海沿いに巡礼を続けば、いつか岩陰から不意に「ウメではないか！」と与三郎が呼びかけてくるかもしれません。それは奇跡ではなく、本当に起きることなのだとウメは信じているからです。

巡礼で出会う人達とのことも同じです。相手を信じなければならないとウメは思っているのですが、この間、不意に現れた掏摸のように悪い人もいるかもしれません。ですが、人は生まれた時から悪い人間ではなかったはずです。何かが、その人を迷わせたのです。ですから悪い人は、悪という仮の面を被っているだけではないか、自分が懸命に尽くせば悪い人だと世間が言っている人でも、本来の自分というものに気づくのです。ウメはそう考えて、毎日を過ごしているつもりです。

何という名かも知らない木々の茂った枝が、昼なのに夜かと思わせるほどウメが歩く道を薄暗くしています。しかも、片句から恵曇へ続く海沿いの道は荷車がやっと通るくらいの狭い山道です。しかも反対側は日本海です。海からの高さは、どれくらいなのでしょう。遥かに遠いはずの水辺線も見えず、波の音も聞こえません。僅かな風に揺れる木々が擦れる音に混じり、これも名も分からない鳥の声が聞こえて来ます。海に住む鳥なのか、山をねぐらにしている山鳥なのかはっきりとは分かりません。

掏摸に出合ったせいなのか、予定していた時間より遅くなっていることがウメを足早にしています。まるで見えないというわけではありませんが、一足ずつ踏み出すおぼつかない足取りが、定まらないウメです。崖の方に足が向き、慌てて身を引いたことが、これまでに何度かありました。通りがかりの人が数多ければ。命拾いもできるかもしれません。それに、朝夕行き来する行商人の姿は、昼頃にもなると途絶えてしまいます。巡礼のために浦巡りをする人に出会えたとしても、ウメのように身も心もおぼつかない人もいるのでしょう。「自分の命は、自分で守らなければ」と、ウメは呟きました。そう思った途端に、道を横切る葛の蔦に足を取られて転びそうになりました。思わず掴んだ木の枝は、季節を問わず西から北から吹き寄せる日本海の風に煽られ、山手に向かってしっかりと伸びた木の枝でした。よかった、とウメは思いました。いつもこうして誰かに、いえ島根半島に住む神々にも助けられるのです。「なんかありゃ、荷馬車で直ぐに行くから。これも何かの縁ですけんな」そう言ってくれた荷馬車曳きの学さんを思い出していました。「古浦天満宮から魚瀬までの道は難所ですから、恵曇神社に着かれましたら、私に連絡して欲しいと宮司さんにおっしゃってください。学さんに迎えに行かせますから、分かりましたね」と、旅籠の女将さんが言っていたことも頭に浮かびました。ウメは足に絡まった蔦を取り除きながら、学さんと女将の優しさが思われます。波や海風の音が、優しい旋律と一緒に包んでくれていることに、ウメは気づきます。歩きにくい道をゆっくりと進みながら、何となく不安になり始めていた気持ちが消えて足が軽くなりました。

影の私も、名のとおり影のようにウメと一緒に歩いています。青葉を茂らせた木々

の枝を這うようにして垂れ下がっている、ハマツヅラフジを見つけました。花の季節は終わっていますが、葉の陰に咲き遅れた薄黄色の小花が残っています。道が直されたときに刈り取られたのでしょうが、新しい芽が伸びて花を付けたのでしょう。花の季節は夏です。目立たない花姿ですが、秋になると葡萄のような果実をたわわにつけて見る人の目を引きます。

ツヅラフジは、葛篭などの物入れを作るために使われます。強く引っ張って弾くと、チンチンカヅラ、ピンピンカヅラなどと音を出すとも言われています。三味線の弦が奏でる音に似ているように聞こえます。

春の七草に、ぺんぺん草というのがあります。ナズナのことですが、三味

ハマツヅラ（ぺんぺん草）

万葉歌

駿河の海に生ふる浜つづら　汝を頼み母に違ひぬ

線の撥に似た種が付くことから付けられ、オオツヅラやアオツヅラとも呼ばれています。万葉集に詠まれているハマツヅラは、磯辺に生えていることから付けられた名かもしれません。

駿河（するが）の海に生ふる浜つづら汝（しまし）を頼み母に違（たが）ひぬ

万葉集にある歌です。

駿河の海の磯浜に生える浜つづらの蔓がどこまでも延びるように、どこまでもあなたを頼りにして母親に背いてしまいましたという意味なのです。母は娘の恋の行く末まで見ています。駿河の海の磯辺で、岩場に守られて、輝くように美しく、母の心優しい思いの中で育った私ですが、今は、こんなにもあなたを信頼し、心を寄せているのです。母親に、これほど反対されながらもと詠っています。ウメの気持ちにも似ているようだと、影の私は思います。

ツヅラは蔓性の植物で、蔓は樹木などに絡みつき、樹木を覆ってしまうように育ちます。木々の葉が落ち始めると、今度は柄が落ちます。花は小さい淡黄緑色を円錐のようにつけて夏に咲きます。実は少し扁平で歪んだ球のようになり、秋には黒みがかった色になって熟します。

古くから葛籠の材料として使われてきましたから、ツヅラフジとも呼ばれます。茎は鎮痛や利尿を目的とした漢方の薬としても使われている生薬の名を防已（ぼうい）といいます。

急な坂道ををジグザクに登る道を、九十九折りや葛折りの坂道というのも、樹木に絡みついている様子や、蔓を編んで作る葛籠の様子から使われる言葉なのです。ウメが育った神庭の里あたりの山道を歩いていると目に留まることがあります。

影の私はウメの家のこともよく知っています。ウメの父は小さい茶碗を使って盆栽仕立てにしていました。縁側の庇から吊るされたアオツヅラは、夏に淡い黄白色の小さな花を咲かせ、実は藍黒色の球の形で、秋が深まると白い粉をかぶって風情がありました。神海老とも呼ばれますから神の海老蔓ともいうのでしょう。

影の私は花が好きです。簸川の出西窯で焼かれた鉢に山野草を植えて楽しんだこともありますが、斐伊川土手から吹き降ろす風に傷め付けられてなかなか育ちませんでした。時々ですが立ち寄る出西窯で、色合いや形などが私好みの器を見つけると買い求めました。花を活けたり酒の肴、お菓子、果物、惣菜などを盛り、知り合いの人との語らいの席などに出すと、風情を醸し出してくれるから好きなのです。

ウメの物語からずっとあとになる頃ですが、出西窯のお話をしましょう。出西窯は昭和二十二年の秋、幼い頃から親しかったという五人の青年達によって創業されました。民藝運動にかかわった河井寛次郎に手紙を送るなどして、よい作品を作ろうと励みました。技術を向上させようと、濱田庄司、バーナード・リーチなどにも手ほどきを受けました。火入れの時には、窯の中の温度を測ることが難しい登り窯を使う出西窯では創業した頃の思いを忘れないために、毎日の仕事始めには、河井寛次郎が作った「仕事のうた」を全員で音読しました。

仕事が仕事をしてゐます

仕事は毎日元気です
出来ない事のない仕事
どんな事でも仕事はします
いやな事でも進んでします
進むことしか知らない仕事
びっくりする程力出す
きけば何でも教へます
知らない事のない仕事
たのめば何でもはたします
仕事の一番すきなのは
くるしむ事がすきなのだ
苦しいことは仕事にまかせ
さあさ吾等はたのしみましょう

日本を代表する民芸運動を起こした思想家達の仲間に柳宗悦もいました。文芸誌『白樺』創刊に参加した一人です。宗悦の指導を信じ、野の花のように素朴で、健康な美しい器、暮らしの道具、道具としての使いやすさを大事にして制作を続けました。

そのことから、出西窯の器はどれもシンプルで飾り気がなく、普段の暮らしの中で手に馴染む

ような感覚で使えます。ですから、柔らかくて温かみのある感触があるのです。しかも、和風洋風のいずれにも合う器です。

　ウメは、何かあるごとに、生まれ育った神庭の里に思いが向きます。長い間のご無沙汰になってしまっているウメの父や母はどう過ごしているのかと、ウメならずとも影の私も気になります。


　ウメは、恵曇浦にたどり着きました。恵曇の地区には島根半島の中ほどにある朝日山の日本海側の麓になり、古浦と恵曇の二つの地域があります。北に向かって突き出た生須鼻(いけすばな)を回ると手結、そこを更に回ると片句地区になります。恵曇はこれらの地区のことをいうのです。

　明治から大正、そして昭和二十年代の頃までは佐陀川を使っての水上交通が盛んでした。出雲国風土記の秋鹿郡には恵曇について、《郡家の東北九里四十歩なり。須佐能乎命(すさのおのみこと)坐(ま)せり。磐坂(いわさか)日子命(ひこのみこと)國巡(くにめぐ)行し坐しし時、此の處に至り坐して詔(の)りたまひしく、「此の處は國稚(わか)く美好(うるは)し。國形(くにがた)、畫鞆(えとも)の如くなるかも。吾(あ)が宮は是處(ここ)に造事(つく)らせむ」と詔りたまひき。故(かれ)、惠伴(ゑとも)と云ふ。》とあるように、磐坂日子命(いわさかひこのみこと)が自分の宮を建てたいとわれたくらいですから、一千年以上も昔の頃から恵曇はよい場所であったのです。

　明治二十二年には、市町村制度が始まり、当時の恵曇村は手結や片句を合わせて新しい恵曇村になりました。それからずっと後のことになりますが、昭和三十一年には御津、講武、佐太の村を合併して鹿島町になるのです。

　恵曇と言えば、魚を行商するおばさん達のことを影の私は思い出します。そんなお話をしましょう。

海に面した恵曇は古くから漁業が盛んでした。たとえば大敷網（おおしきあみ）の漁もそうです。幅が約百メートル、長さが千三百メートルにもなる大きな網を、魚が通る道に仕掛けておく定置網で、恵曇沖では江戸時代から始まったといわれています。地引き網も漁をする一つの方法で、沖合に網を張り、魚が入ったことを見極めて砂浜へ引き上げて魚を捕ります。

明治三十四年には、島根県が恵曇村に水産試験場を作り、恵曇の漁業に大きな貢献をしました。韓国に近い海まで出かけて試験操業をし、漁をすることはむろんのことですが、韓国との貿易を始めることにも役立ちました。試験操業は、五人ばかりが乗った幅が二メートルほどの漁船五隻と母船一隻を一団としたものだったそうです。また、恵曇村の青年会が漁港の整備も始めますが、工事が難しく完成できなかったと言われています。

大正時代になると、恵曇には製氷の会社、集魚灯を作る会社や鉄工所ができるようになりました。そして船の発動機が作られるようになり、造船所も幾つかできてきます。

底曳き網を使った漁業も盛んになり、いろいろな魚が水揚げされ、水産加工による産業も盛んになりました。大正九年には、江角漁港期成同盟会が発足し、漁港の整備に向けて準備が始まり、昭和八年に恵曇漁港ができたのです。

田圃や畑が少ないこの地区では、古くから魚を売る商人が数多くいました。清原太兵衛が佐陀川を開通させたことや、新しい漁法を取り入れて漁港も整備され、明治から大正、そして昭和にかけて恵曇地区は大きく発展してきました。

大正の中頃までは、佐陀川を帆や櫂を使った船で、恵曇から浜佐陀に魚商人は魚などの海産物を運びました。そこから松江までは天秤棒で荷物を担いで運んだのです。大正時代の終わり頃からは、発動機付きの運搬船が使われるようになります。

そうなると行商をする人達が増え、魚のことですから新鮮な品を運ぶために佐陀川を通う船も多くなり魚行商人の時代が昭和の初めを彩ったのです。松江市内はむろんのことですが、遠くは米子や来待のあたりまで運搬船が通うのでした。一つの船に乗るのは行商の人達二十人くらいまでですから、毎日のように佐陀川を十隻以上も行き来したのです。そのようなことから佐陀川の海側河口の南側には古浦、北には恵曇の市場がありました。

恵曇方面から松江辺りまで魚を売り歩く行商のおばさん達は、魚売りさんとも言われていました。おばさん達は天秤棒で海産物の詰まった魚籠を担いだり、後にはリヤカーに荷物を載せて得意先を

回り、棹秤で計りながら売ったのです。おばさん達は、頑丈で大型の黒いガマ口と呼ばれる財布を紐で腰に巻き付けていました。魚を売った代金や代金の代わりの米などを恵曇まで持ち帰り家計を支ていたのです。昭和の初め頃は、三百人くらいの人達がこの仕事に関わっていたといいます。

やがて太平洋戦争が激しくなるにつれ、船や漁師さん達は徴用に取られたり油は配給制になり、あれほど多かった佐陀川を走る船も少なくなりました。そして長かった戦争も終わります。待ちかねていた行商の人達は、かつてのように商売を始めます。その頃から、佐陀川を行く合同汽船と陸上ではバスの時代に変わります。昭和二十七年には、一畑電鉄が大量に人や物資を輸送する全長が十四メートルにもなる、約七十人乗りのトレーラーバスを走らせます。普通のバスでは乗客と魚商人が一緒に乗ると、魚籠からの雫や臭いがあって歓迎されませんでしたが、大きい改造型のトレーラーバスは魚売りの人達には喜ばれたのです。二十分間隔で走ったそうですが、しだいに自家用車が普及してくると、魚商人の数も少なくなりました。トレーラーバスは車体が大きく道をふさぐこともあって昭和三十三年に廃止になったのです

大正時代の終わり頃から昭和二十年代にかけて、恵曇の村ではラジオや電話も数台しかなく情報があまり入りません。その代わりに行商の人達は松江辺りの得意先から情報や文化を恵曇へ運んだのです。行商のおばさんは、社交的で仲間意識も強く、恵曇地方の社会や経済を支えていた逞しい人達でした。

海沿いの道を下ると、汐汲みの恵曇神社があります。ウメが汐汲みに訪れた恵曇神社の祭神は、磐佐日子命（いわさひこのみこと）、彦火火出見命（ひこほほでみのみこと）、豊玉姫命（とよたまひめのみこと）、玉依姫命（たまよりそめのこと）、蛭子命（ひるこのみこと）、市杵島姫命（いちきしまのひめのみこと）、稲倉魂命（うかのたまのみこと）、素盞嗚尊（すさのおのみこと）の神々なのです。

海神祭は、龍神祭とか灘祭りとも呼ばれ、四月二十一日に行われます。灘に小屋を建ててお祭りがありましたが今は、各地区の神社拝殿でされています。祭りの当日、漁業関係者が神社に集まり、湯立てを行います。海上での神事に向けた行列は灘から漁船に乗り込み、龍ヶ口へ向かい、祝詞を捧げて神を迎え、そして、拝殿に戻り、御舟と神を迎えたヒモロギを祀るのです。ここめ桜、トコロ、枇杷の実などを願主が供え、七座が舞われます。そして再び、船で海に出て、供物を海に流し、神を送って終わるのです。

明治三十五年ごろの由緒書などによれば、一月七日に、津の浜から船で出て、龍ヶ口巌窟の大黒岩に赴き、龍ヶ口にて汐を汲み参拝していたということです。今に伝わる汐汲み信仰があり、またこの龍ヶ口では、かつて祈雨の祈祷が行われていました。

佐陀本郷にも恵曇神社があります。祭神は磐佐日子命です。天文年間の建立と伝えられ、近世は幡（畑）垣神社とも呼ばれ、明治初年に書かれた取調帳にも、幡垣社と記されているようです。明治三十五年ごろの由緒書などによれば、明治十一年に以前の神社の名である恵曇神社に戻したと書いてあるそうです。境内には三個の大石があり、磐佐日子命の腰掛け石と伝えています。『雲陽誌』によれば「蔵王さん」と呼ばれ、蔵王権現、祭神は素戔嗚尊と呼ばれ、例祭の翌日、神職が神楽を奉上して祈願することになっているといいます。大正三年には、毛之神社（もしじんじゃ）として飛地境内社になりました。

海からやって来た風が、海辺に建つ家の軒下に吊された干し魚の匂いをウメのところまで運んできました。恵曇神社に着いたウメは、鳥居の前で頭を下げ手水舎で手を洗い清めました。大きな何本もの蘇鉄があります。

「そうだわ、どこの家の庭にも蘇鉄が植えられている。荘原の実家にも、鷺浦の家にも植えてある」

呟きながらウメは、蘇鉄について聞いたことを思い出しました。蘇鉄の下には、曲がったりして使えない釘などが埋められています。それは、木が弱った時に株元に釘を打ち込んだり、金屑をやると樹勢が回復するという言い伝えがあるから蘇鉄の名が生まれたと言うようです。語源という言葉があるように、なぜその言葉が生まれたかを知ることは大事なことです。蘇鉄の文字を見ていると、植物に何で鉄の文字が使われているのかと不思議なのですが、その成り立ちが分かるとウメは一つ勉強したと思うのです。荷馬車曳きの学さんなら何でも知っておられるでしょう。ウメは学さんのことを思い出しました。

ウメは、大きな蘇鉄の前で暫く佇んでいました。恵曇神社に着いたら宮司さんのところに挨拶をするようにと言われています。次の汐汲みした後に行く神社である古浦天満宮の近くに、今晩泊まる宿があり案内してくれることになっているのです。

「海に行って汐を汲んでこないと……」

ウメにとっては知らないところですから、なるべく早く宮司さんに会わねばなりませんが、汐汲みも大事なことです。

ウメは社殿に向かった足を止めて踵を返し、潜った鳥居を抜けて海辺に向かいました。曇り空で海の色も灰色になり始めました。巡礼をしていると、楽しいと思ったことはあまりないのです。女一人の旅ですから、いつも不安を背負っています。夕暮れの空との境界線をなくした海は、ウメの心まで沈めてしまいそうです。でもウメは気持ちを奮い立たせました。ねぐらに帰らない数羽の海鳥が餌を探して水面を飛び交っています。

砂浜で波が運んできた海藻を拾っている老人がウメに近寄ると声を掛けて来ました。手にしている海藻は、元の形ではないようですが、多分、〝あらめ〟ではないかとウメは思いました。

「巡礼さんかね。どこからごだっしゃったかね」

「はい、七浦巡りで、鷺浦からです。四回目になります」

「ほう、それは奇特なことで……」

ウメは老人が持っている海藻を見ながら言いました。

「巡礼もそうですが、全て海を頼りにして暮らしていますので、私も海藻拾いをするんです」

老人は不思議そうな表情を見せて言いました。

「漁をしている人には見えんがの」

ウメは小さな笑みが、ふっと自分の頬に浮かんだのを感じました。

「生まれたところは、荘原なんですけど」

老人はそれを聞いて納得したような顔を見せました。

「え？　そういや、あんたさんはウメさんかの、旅籠の女将さんから聞いちょりましたが」

「はい、ウメと申します。あの……」

ウメは、この老人が宮司さんなのだと気がつきました。

「聞いとったよりえらい遅いけん、心配しちょりました。わしゃ、そこの恵曇神社の宮司じゃがね」

縦縞模様の藍染着物を捲って長靴を履いています。普通ならば神主さんは烏帽子を被り、それなりの服装をしているのですが、首には手ぬぐいを巻いて、どう見ても宮司さんとは思えません。

ウメは笑いをこらえようとしましたが、頬が自然に緩みます。

「失礼しました。お詣りを済ませてから、ご挨拶に行こうと思っておりましたもので」

「遅かったということは、何かあったんでは？　いやそうではなかろうが、だが無事で着かれて何よりだった。さあ、汐を汲んでお詣りなさい。積もる話もあろうから、それは後で聞くとしてな」

ウメは海辺に向かって歩きだしました。波止場には何隻もの船が、小さな波に揺れています。明日の早朝に漁に出るのでしょう。突堤のあたりでは数人の男達が見えます。鹿島の海で水揚げされたイワシ、アジなどは干物にして出荷します。半分くらいは行商のおばさん達が松江に持って出るのでしょう。ウメが嫁いだ先の鷺浦でも、干し魚は大社、今市までも行商人達によって運ばれていました。

そんなことを考えながら海を見ていると、病気で養生をしているはずの義父の姿が浮かんできました。馬車曳きの学さんに会えたら、その様子も教えてくれるでしょう。

女将さんから連絡が行っていたとはいうものの、浜で宮司さんに出会ったのも神様の導きなのだとウメは思うことにしました。出会う人ごとに、偶然ではない何かを感じるのです。いつでもどこでも、神様ばかりではなく誰かに守られているように思うのですが、与三郎さんもそうであって欲しいとウメは海に向かって手を合わせました。

空には鴎が二羽、まるで夫婦（つがい）のように戯れていました。

古浦　古浦天満宮　（古浦天神・旧社名　天満天神）

　敷島（しきしま）の道をかしこみ天満（あまみつ）に神よしるらし宮のうらはも
　　垢離取歌

影の私が、古浦（こうら）天満宮のお話をします。

古浦天満宮は、恵曇の漁港の南にある古浦海水浴場から少し東へ行ったところにある集落の中にあり、天満宮には菅原道真が祀られています。菅原道真は平安時代の貴族で、漢詩に優れた学者としても知られていました。天神様（てんじんさま）の名でよく呼ばれ、江戸時代から学問の神様、試験合格の神様として島根県でも身近な人なのです。

　拝殿の後ろには、大国主命、事代主命が安置してある宮庫（みやぐら）があります。お正月のお祭りには櫃入りの「あなたさん」と呼ばれるエビス、ダイコクを迎えて藁作りの胴体に、頭や手足をつけ「ドンサ」と呼ばれる漁師の衣類を着せるのです。

　その年の干支で三体の造りものを神輿に載せて歳徳宮の宮練りに使います。恵比寿様とも呼ばれる美保神社の事代主命が鶏コトシロヌシが鶏のせいで片足をワニに噛まれたという伝説から、その年は鶏の造り物はせず、金太郎などの縁起物を代用するといいます。お正月の五日から十五日までの長い期間の行事です。担ぎ手は顔に赤や青、白を塗るのです。宮練りの際には「ホーライ、ホーライ（宝来）」と唱えるのです。

ウメは、恵曇神社の宮司さんに案内されて古浦天満宮へ向かいました。宿は集落の中にある天満宮の近くにあると聞きました。浜辺が見える少し高いところに来たウメは立ち止まり、どこかの国の果てまで続くと思われる日本海を眺めていました。砂浜の砂はきらきらと輝き、海は濃い藍色に織られた絣の布のように白い模様を見せながら水の平野にも似てたゆたうように揺れています。まるで私の胸のうちを見透かされているようだとウメは思いました。遙か遠くにはこの海が続くどこかの港、いえ島かもしれないのですが、そこから浜に打ち寄せる波の音に混じって「ウメ、ウメ……」と与三郎が呼んでいる声が聞こえるような気がします。海が遠い世界から望むものを運んでくれれば嬉しいのだがと、立ち尽くしていました。

「どうかされたのかな？」

背中から聞こえる宮司さんの声に、ウメは古浦の海にいることを思い出しました。

「いえ、ちょっと海が気になって」

振り返ったウメは、何もかも知っていますよという表情の宮司さんが目に入りました。

「ここから隠岐はみえませんな」

「隠岐ですか……」

隠岐という島の名が宮司さんからでたことで、ウメは義父に聞いた話が頭に浮かびました。

日本海に浮かび本土から約十五里ほどのところにある隠岐は歴史の島でもある。日本海にある島といえば佐渡もだが、汽船の便があまりよくないこともあり、訪れる人も多くはない。それは逆に言えば、魅力でもあった。最も大きいのは島後で、島前の西ノ島、中ノ島と知夫里島の四つには人が住んでいる。更に、百八十ばかりの小さな島からできている群島である。古くから隠岐は一つの国として知られ、承久と元弘の歴史にも深く関わった。由緒のある古社が多く、島の人達は人情を大事にしている。

義父がまず語ってくれたのは、明治から大正時代が終わり昭和になってからのことだが、約五百年ほど前の話である。後醍醐天皇は頭が良く、統率力があったため朝廷の貴族達から朝廷の権力を取り戻して欲しいと期待されていた。そこで、天皇は鎌倉幕府を倒す計画を立てていたが、それが幕府に察知されて計画は失敗する。その後、天皇は幕府の追求を逃れるが、計画に加わっていた貴族達は罰せられた。

七年後に天皇は、再び鎌倉幕府を滅亡させる計画を立てるが、京都にあった貴族を監視する六波羅探題という機関に漏れる。元弘元年に天皇は京都から逃れ、笠置山に籠城して闘うが幕府軍に捕らえられて隠岐に流された。

元弘二年のことだった。後醍醐天皇は西ノ島にある黒木御所から監視の目を逃れ、本土に最も近い知夫里島まで逃げる。知夫里の漁師は、自分達の命を犠牲にしても天皇を守ると申し出た。折りよく漁師達は漁船に魚の干物を大量に積んでいた。

魚の干物というのは出雲や伯耆の国で売りさばいていた干し烏賊と同じものである。漁師達はとりあえず隠岐の島前から伯耆の国に天皇を密航させようと考えた。天皇は、「もしお前たちがわしを首尾よく伯者か出雲に送り届けてくれたなら、わしはお前たちの恩義はきっと忘れないぞ」と固い約束をされた。

漁師達は、天皇をその漁船にお乗せした。ところが漁船を出してから幾らも経たないうちに、追手の船が見えた。そこで、漁師達は天皇に「船底にお体を伏せてください。臭いがしますが、暫くのご辛抱です」と言いながら天皇の体の上に烏賊の干物をうず高く積み上げた。

追手は船に乗り込んで来て、船の中を探し回ったが、ひどい悪臭を放つ烏賊に手を触れてみることもしなかった。漁師達は取り調べを受けたが、嘘の話を言い、わざと間違った手がかりを教えた。こうして天皇は烏賊の悪臭のお陰で、伯耆の国の名和というところに上陸することができたのである。後醍醐天皇は、後に幕府が滅亡すると京都に戻り、元弘三年に天皇が自ら政治を行う建武の新政が始まった。

義父は話し終え、「その後のことはともかくとして、隠岐から後醍醐天皇を脱出させたのは数人の漁師達であり、事の是非はともかく、天皇の思いを忠実に受けとめてお助けしたのであり、政治のことは別として人間としてよいことをした」と付け加えた。

ウメは義父の話をかいつまんで宮司さんに語りました。

「そうようなあ、天皇さんは脱出までしたわけですから、難儀なことがあったでしょう。ウメさんの話を聞いて思い出したんですが、随分と前になるけれども、ある方から後醍醐天皇のことについて聞いたことがありましてな……」

そういえば宮司さんは何歳くらいの人だろうとウメは思いました。深い皺が刻まれています。髪は白く顔には深い皺が刻まれています。まして宮司さんでもあり、昔のこともよく知っておられるでしょう。

「あなたは、ラフガチオ・ヘルンさんという人を知っておいでかの？」

「らふ……がちおですか？　さあ？」

宮司さんが言われたのは外国人の名のようですが、ウメは聞いたことがあるような気がしましたけれども、思い

出すことができません。

「実は、明治の頃に、遠い外国、確かギリシャだったと思のですが、そこから松江に来て、中学校の先生をした人なんです」

「聞いたような気がしますけど……」

「そうかね、少し長い話になりますが、ウメさんにはまるで関係のないことなんですが、実はね、学さんという方から聞いたことがありまして」

「学さん……ですか」

ウメは宮司さんの口から、学さんの名が出たことに驚きました。恵雲神社の宮司さんの話にも学さんという名が出たからです。二人は、古浦天満宮の鳥居の下に置かれた石に腰掛けました。

「ウメさんは松江大橋を知っておられますかの」

「はい、木で作られていますが、かなり大きくて長い橋ですね」

「そうそう、学さんという方がお父さんに聞かれたということだったんだが、ウメさんには面白くないかもしれませんが……」

「いえ、そんなことはありません。ぜひ聞かせてください」

学さんの話であれば、宮司さんは知られないのでしょうが、ウメにとっては大事な人です。

「それじゃ、お話しましょう。学さんのお父さんというのは古い話、というか歴史に詳しい人だそうでして」

ウメは学さんも同じだと知っています。宮司さんとどういう関係かも分からず何も知らない振りをしてはいますが、学さんはいつも大切なことを教えてくれる人なのです。
「学さんのお父さんが松江に用事があって出かけられた時に、大橋の北詰にある富田旅館という宿に、泊まったんですが、その時に、旅館の女将さんが、ヘルンさんの話をしてくれたそうです。それを学さんがお父さんに聞いて覚えていたんですね。それと、現在はラフカディオ・ハーンと呼ぶのですが、明治の頃の話ですから、外国人も少なく、発音も聞く人によっていろいろだったでしょうか。女将さんの話というのは……」

ラフガチオ・ヘルンが不思議なご因縁で県立尋常松江中学校の英語の先生として来任されることになりまして、松江でいわゆる草履脱ぎをされたのが私方です。私方は旅館営業で富田屋旅館と呼ばれておりました。なにらの前触れもなく、明治二十三年の八月二十三日頃、その日はとても暑い時でしたが、時刻は午後の三、四時と思います。一人の異人さんが通弁の真鍋晃さんを連れて入って来られました。どういう訳で私方を指してこられたと申せば、かねてから県庁学務課では、ヘルン先生の下宿を京店の皆美に指定してあったのですが、当日は米子から小蒸気船で大橋下に着くと、先生は車に乗って皆美の方へ行かれました。ところが、何が先生の気に入ったのか、通り過ぎた所に目に付いた旅館があったから、そこへ案内せよとのことだったそうです。因縁というものは不思議なものです。その頃、松江の大橋が架け替え工事中でして、私方の東の方向へ一町ばかりのところに仮橋ができておりました。そんなことから先生が船から陸に上がって皆美へ行かれるには、私のところの旅館の前を通らねばならなかったのです。それに、前の年に前側を新築していたこともあって異人さんには珍しく見えたのでございましょう。大橋の仮橋がご縁でございますよ。

通弁の真鍋さんを通じ、先生と約束しましたのは食事のことです。朝は牛乳と卵、昼と夜は巻き寿司にちょっとした副食を付けまして賄い料は一日が参拾銭だったと思います。先生の持ち物は大型のトランク一個と袋でした。それを直送してくれなかったと先生は不服を申しておられました。後で到着した荷物の中から品物、それも絵葉書がはみ出しておりまして、先生は大変に不服でした。先生が絵葉書を見せて、これが生まれ故郷だと申されたのを記憶しております。

「学さんが話してくれたのは、これだけではなくてまだまだいろいろなことがありましたが、ウメさんにはあまり興味はないことですから、ここまでにします。ですがウメさん、後醍醐天皇の話をヘルンという人が書いたというのは学さんが私に教えてくれたことでもあるのです」

「宮司さん、異人さんが来られた時のお話は初めて知りましたが、聞いているうちに、義父が天皇さんについて語り聞かせた日のことを微かな記憶ですが思い出しました」

「そうですか、私がウメさんに言いたかったことは、学さんのこともでしたが、ヘルン、いやハーンという人が書いた本に、後醍醐天皇の話があるということなんです」

「本に？」

　ウメにとっては異人さんのこともですが、よその国から来た人が何百年も前の後醍醐天皇の話を書いたことに驚き、義父が学さんに聞いたのだという不思議な偶然に運命的なつながりを思ったのです。宮司さんの話、というより学さんが語ったのですが、旅館の女将さんが言った因縁という言葉を大事にしなければとウメは心の中で頷きました。

「それはそうとして、古浦から魚瀬までの海沿いの道は道幅も狭く、曲りくねっていますし、三里ほどの道のりなので、目の不自由なウメさんが歩くには危ない所が幾つかあるんです」

　宮司さんの話を聞いてウメは、女の私でも魚瀬まで無事に行くことができるのだろうかと不安になりました。これまでも幾つかの浦を歩いて来たのですが、それは苦行ともいえるものでした。むろんいろいろな人との出会いもあり嬉しいこともあり、危ない道にも出合うことがありました。巡礼は危険ともいうような毎日なのですが、ウメにとっては祈りの旅であるのです。与三郎の無事を祈り亡くなった子どもへの供養の旅です。懸命に歩けば、手を差し伸べてくれる人もあるのです。

　そんウメの思いを見透かしたかのように、宮司さんがまた語りかけました。

「明日になったら馬車曳きの学さんに道を案内させますからね。秋鹿から魚瀬へ行く平坦な二つの道があるのですが、巡礼者にはやはり海岸線の道を歩いて欲しいんです。巡礼の道とされていますから」

ウメは思いました。

島根半島四十二浦巡礼は海沿いで、断崖絶壁の道が浦々にはあります。それも修行の意味があるのでしょう。そのことを肝に銘じて忘れないでいることです。それがその土地に根差した信仰の姿であるからです。ウメは学さんに会えて、魚瀬、伊野、坂浦まで、一緒に歩きたいとの思いが溢れて心の中に浮き立つものがありました。それとは別に学さんに会えたら、ずっと気になっている病床の義父の容態が聞けるのではとの思いもありました。

「宮司さんも、学さんのことをご存じなんですね」

「本当の名前は私は知りませんし、ほかの誰も知りませんよ。聞くところによると、有名な歴史学者で大学講師だという人もおられます。東北の廻船問屋の御曹司とか、由緒ある名の通ったお寺の僧侶とか、皇族に係わられている方だとかね。本人が名乗られないのですから謎ですよ」

「そうですか。鷺浦の義父とも知り合いのようです」

「廻船問屋を営んでいらっしゃったのですから、多くの人達を知っておられると思いますよ。義父様（おとうさま）のお人柄も良かったのですから、職業は問わず、いろいろな人達に慕われていらっしゃいましたからね。ご病気が早く良くなるといいですね。四十二浦の神様から頂かれるご利益があることを願っております」

「ありがとうございます。巡礼をしていると、いろいろな人とのご縁を感じます。義父は脳梗塞を患いまして、少しずつ回復に向かってはいるのですが……。私の家族は与三郎さんの帰りを祈って日々を暮らしているのです」

「宮司をしていると巡礼をする方からいろいろ聞いております。親族に災難があったり、ご家族が病いになったとか、いろいろ災いがあると人生についてあれこれ思い巡らすものですからね。最初から信仰心が強くあった訳でもないが、神に縋りたく思えるようになるのですよ」

「私も歩いている内に何かしら神への崇敬の念が深まり、他人への思いやりや感謝の気持ちが心の中に生まれてきました。不便であったり、不自由であったりすればするほど、その気持ちは膨らんできました。そうしたことを知らず知らずのうちに教えてくれるのが四十二浦巡礼の路（みち）だと思えます」

「おっしゃる通りですよ。ウメさんも七浦巡りは四回目だと聞いております。きっと、ご利益がありましょうでしょう」

　ウメはまたここで宮司さんから励ましてもらえ、心が軽くなるような思いに満たされました。

　宮司さんは、ウメの顔を見ながら言いました。

「今から汐を汲んで神社にお詣りされますか」

「はい、そうしたいと思います」

「それじゃ、そこの小屋の脇を通って浜に出る道があります。昔はこの辺りは昔から塩造りが盛んでした。その名残の小屋が、下に見えるでしょう。今でも何人か塩を作る作業をしておられますからね」

「私が歩いた幾つの浦でも、塩を作って暮らしておられる人がいらっしゃいました。その塩でお握りを握っていただいたこともあります」

「そうですか。それはよかったですね。実はね、この浜には難破した船が打ち上げられていましたよ」

「古浦の入り江は波が穏やかに見えるのですけれど」

「もちろん、いつもというわけじゃありませんがね、時には白波が逆巻くこともありますよ。海が穏やかになった砂浜にどざえもんがあがらっしゃったこともありました。ほれ、木がこんもりと茂ったところがあるでしょう。あそこには地蔵さんが建てられていますが、そこには身元が分からない人が葬られています。村人の情けですわ。浦々にはどこにでもあると思いますが」

「そうですね。海に出たまま行方不明の与三郎さんの姿が浮かんで来ます。浦々の無縁仏様に私も手を合わせて参りました。私のような家族も沢山いらっしゃることでしょう」

「いいえ、与三郎さんはどこかで元気で生きておいでです。いつかきっと、帰ってこられます。ところで、ここから家と家の間を曲がりくねった小道は分かりにくかろうから宿まで案内しますで――」

　そう言いながら、宮司さんはウメに合わせてゆっくり先を歩いてくれます。太陽は海に沈み、護岸に白波が打ち付ける音と引いて行く音が夕闇を囲むようになりました。佐陀川に架かる橋を渡ると、美しい砂浜と松の林が続くのです。目の不自由なウメには松の茂みに続く白い道を宮司さんの後姿を見失わないように歩いています。

足元に浜昼顔の群落です。花の季節は終わろうとしていますが、夏の季節を惜しむかのように、昼間に咲いた花が萎んでいます。明日、花開くのを待ちわびているような薄桃色の蕾が膨らんでいるのを見つけました。古浦海岸には浜昼顔の群生地として知られているのをウメは思い出し足を止めてしゃがみました。

「どうかなさいましたか、足でも痛いのですか」

先になって歩いていた宮司さんが、ウメの気配に気づいたのか振り向いて声を掛けました。

「いいえ、そうでなく、私、浜昼顔の花を踏んだかもしれませんね」

船大工　小屋の戸口にあらはれて
われらを笑ふ　晝顔の花（吉井 勇）

昼顔は全国各地の野原、道端など日当たりの

浜昼顔

万葉歌

船大工　小屋の戸口にあらはれて
われらを笑ふ　晝顔の花

（吉井 勇）

よい所ならどこにでも生える蔓性の多年生で、夏になると付け根から花柄を出し、その先端に五センチほどの朝顔に似た紅紫色の花を咲かせます。海辺などの砂地で群生している花は「ハマヒルガオ」とも呼ばれています。

影の私は、宮司さんとウメの後から付いて行きます。二人の話を聞いて、影の私が書いた『追憶の浜昼顔』という小さなお話を思い出しました。

私は独り浜辺に立っていた。賑わったお盆客も引き上げて、やっと浜に近い本家の墓地にお参りしての帰りである。

玉砂利の続く海岸に松の影を写す海辺の風景が、私を引き寄せた。

照りつける灼熱の日輪の下、青い海に遊ぶ人影は小さく、それに比べて、波を砕くテトラポットはいかにも巨大な障害物に見えた。物流バースの建設が本格的に始まったのだ。変わらないのは、寄せては返す白波と鮮やかなコバルトブルーの海、澄み切った空の青い色だけである。その風景の中で暫くぼんやりと過ごしたい衝動にかられて座り込んだ。砂浜を割り、海に小川が流れこむあたりには、ヨシが生え浜昼顔の群集があった。

梅雨が明けると、海辺の昼顔は待ちかねていたかのように、朝顔に似た薄桃色の花を一斉に咲かせるのだ。朝咲いて、昼の炎暑に傷められ、夕方にはしぼむ。廃船となって残留されたままの伝馬船につるを巻き付ける、短命で哀れを誘う花に思える。

私の追憶のなかに、お盆の日の悲しい映像が浮かび上がった。

その日の朝早く、私は網元の家に向かっていた。お米の入った重い竹篭を右の手、左の手と持ち替えながら、魚を買いに舟小屋の続く道を歩いていた。

「どざえもんがあがった」

「こないだ水遊びをしちょって溺れた子だげな」

「お盆に帰ってごだっしゃった。愛しげなことだ。おとうや、おかぁが恋しなってあがらっしゃたんだ」

浜へ急ぐ村人を振り返って見送ると、一目散に走っていた。大きなシイラを一匹もらうと、もと来た道をまた走った。

履いていた藁草履が幾度か飛んだ。牛蒡の葉で蓋をしてくれていた篭の魚が跳る。両手で抱え、また走る。

人が集まった浜を見つけた。私の周りの空気が消えたようになり、息もできずにじっと見つめていると、天上か

ら降り注ぐ朝の仏の光明を受けた浜昼顔が、子どもを包んだむしろを囲むように咲き始め、花園を作っている。

お盆の日に描いたあの日の幻想は、海岸の防波堤に押し寄せる波の飛沫に消されて行った。

魚瀬浦　八神神社（八王子権現）

垢離取歌
藻塩やく賎（しず）のおのせのうら姻（けむり）
そなびく朝な夕なに

柔らかな秋の陽射しを浴びた日本海は、海と空が一つになっている遙か水平線の彼方まで白い波を見ることができます。古浦の浜から魚瀬（おのぜ）に向かって歩き始めたウメを影の私は後ろから見ています。背に朝陽を受けながら、右手に海を左には紅葉が鮮やかな樹林を眺め一歩一歩確かめるように歩いて行くのでした。歩くというよりも、誰かほかの人が見れば道の感触を楽しんでいるのではないかと思うほど、ゆっくりした足取りです。目の不自由なせいでもあるの

ですが、ウメには海に落ちないようにという思いがあるからです。

ひと足踏みはずせば狭い道で崖には名も知らない草が艶やかな色を見せて生い茂っているのですから、そこに足を踏み込めば滑り落ちないとも限りません。そうなれば一瞬のうちに、海へ転落します。傍目（はため）には、とても寂しそうでもあるのです。それはそうでしょう。物見遊山のように楽しく嬉しいことがあるならばよいのですが、ウメは漁に出たまま行き方知れずになった夫の与三郎を探し、紅蓮の炎に包まれて亡くなった我が子を供養するための巡礼だからです。供養とは試練の巡礼です。笈摺を羽織り手甲と脚絆のウメは、その重みにも堪えなければなりません。肩にかけたずだ袋、そして身につけている笈摺なども軽いのですが、心が締め付けられるばかりの重さなのです。


巡礼姿のウメは不自由な目を精いっぱい見開きながら、石ころだらけの細い道を急ごうと思いました。歩む速さがいつもと違うのは、昨夜遅く泊まっていた宿に恵雲神社の宮司さんから言付（こと）けがきて、それが気になるからです。

「学さんは、急に東京での用事ができて汽車に乗りました。出かける前に、ウメさんにお詫びをしておいてほしいということでした。ですから、学さんの代わりに私が一緒して魚瀬から佐香浦まで参ります。朝、ちょっと遅くなりますが、私が行くまで待っていてくださるように」ということでした。

しかし、ウメは忙しい宮司さんにご迷惑をかけては申し訳ないと思い、心遣いを嬉しく思ったことを伝えて欲しいと伝言を残し、わざと朝早く宿を出ました。

「やはり学さんは東京の大学教授で偉い人なんだ」とウメは思います。まるで仮装行列に出てくる人のような派手な服装で、それも魚を腐らせた肥料を積んで秋鹿で別れた学さんと、同じ人と考えることはできないのです。しかも知りたいと思っていた義父との繋がりも聞くことも駄目になりました。

　胸の中を海風が吹き荒れるようで、寂しさだけが体の中を駆け巡ります。このままだと崖から落ちてしまいそうな不安に駆られます。学さんを待っても来てはくれません。恵曇神社の宮司さんが宿を出てしまった私を追って来てくれるかもしれません。魚瀬までの道のりはおよそ三里もあり、道幅は狭く、それも曲がりくねっています。

　宿を出る時に、朝早い出立つは止めなさいと言われました。

「ウメさん。宮司さんが佐香までご一緒しますとおっしゃっておいでですから、もう少し、お待ちになっていてくださいませ。追っ付け来られましょう。もう暫く……」

　ウメは、それを思い出し、学さんに裏切られたようだと思う不機嫌さが胸いっぱいに押し寄せてくるのでした。気持ちを落ち着かせないと、足がふらつき崖から海に滑り落ちそうです。歩き始めたばかりなのに、とうとう落ち葉の上にしゃがみ込んでしまいました。

「あっ、オケラが咲いてる」

　普通ならば、地味な花姿ですからなかなか見つけられないのに、雑草の中で二輪の花が咲いていました。

恋しけば袖も振らむを武蔵野の
宇家良が花の色に出なゆめ

あなたは武蔵野のおけらの花のように恋心を表に出したりなんかしないで下さいね。

影の私もオケラが好きなのですが、万葉集にもこのオケラが、目立たず変わらない姿で咲く花として詠まれています。オケラの花のように気持ちを顔色に出さないで、人に知られないようにという意味があるようです。

好きな男との二人の仲をだれにも知られたくないのが女心です。男は好ましい女がいれば、人が大勢いる前でも気持ちを抑え切れず、ついつい手を出してしまいます。女が恋していることを他人に知られて噂になれば、二人の仲は終ってしまうとされていた時代です　オケラは

うけら（おけら）

万葉歌
恋しけば袖も振らむを武蔵野の
宇家良が花の色に出なゆめ

日当たりのよい野や林の外れなどに自生しているキク科の多年草です。秋の初めには少し紅味がかった薄白い頭花を咲かせ、魚の骨にも似た花弁、そして目立つ苞葉を持っているのが特徴です。花姿は小さなアザミの花に似ています。枯れても、その姿を思わせるように、まるで生きた花のように咲き続けるのです。

強くかぐわしい香りがあるので摘んで陰干しにし、梅雨の頃には焚いて湿気や悪い臭いを取り除きます。そして、人に害をもたらすことを取り払うとも信じられ、厄よけにもされています。

京都の八坂神社には、大晦日から元旦にかけて行われる白朮祭（をけらまつり）があり、神職が切った鑽火（きりび）で白朮を焚き、篝火で邪気を払う行事です。参詣した人はその火を火縄に移し、消えないようにくるくる回しながら持ち帰ります。その火で雑煮を炊いて元旦を祝うと、災難から逃れることができて、一年を無病息災で過ごせるといわれているのです。伝統的行事として古くから受け継がれ、年の暮れの風物詩であり、多くの人達が楽しむのです。

歩き出したウメの後ろから足音が聞こえて来ました。誰だろうと振り返ろうとしたときでした。

「巡礼さんかね？　どこまで行きなさあかね」

左側を通り過ぎようとした女の人に声を掛けられました。

「はい、魚瀬までなんですけど」

女の人は負い子を背負い、手拭いで頬かむりし、行商をしている人のように思えます。五十歳くらいのおばさんです。ウメは独りで歩いていたせいで少し不安になっていたこともあり、ふっと大きな安堵にも似た溜息が出ました。泣き顔になっていたのか笑顔なのか、ウメは自分でも分からなくなりました。

「あ、そげかね。私も魚瀬までだがね」

女の人は立ち止まり、背中を揺すって負い子を背負い直しました。

「そうですか、魚瀬まで……、あとどれくらいでしょうか?」

ウメは登り坂になっている狭い道を透かすように見ながら答えました。

「そげにたいしたことはねぇが。魚瀬へ行かっしゃぁかね。そげすりゃあんたさんは汐汲みの巡礼さんかねぇ?」

「ええ、そうです」

「誰かの願掛けかいの」

ウメに合わせるようにゆっくりと足を進めながら問いかけました。

「そうなんですけど」

「そらぁ大変だね、だどもいいことだがね。どなたさんの?」

「主人と、私の子どものです」

背はウメと同じくらいで、日焼けしてはいますが穏やかな顔です。海に目をやったウメは、久し振りに願掛けの話を聞いてほしいと思いました。それを察したのでしょうか、おばさんは、傍らにあった石に目を落としました。

「ちょっと休まれんかな」

ウメは宿を出て歩き始めたばかりでしたからいささか戸惑いましたが、これも何かのご縁だと思うことにしました。

おばさんは、負い子の中から煙草とキセルを出しました。むろんウメは煙草なぞ吸いませんが、女の人でもキセルを持つのはごく当たり前のことです。ましてや行商の人ならなおさらです。細く小さな青い煙が海からの風に乗って山手に流れ、ふわりと消えました。ウメは夫の与三郎が漁に出たまま行方知れずになり、子どもを火事で亡くしたことをぽつりぽつりと問われるままに話しました。

「そうかね、難儀なことだね。昔、魚瀬にも似たような話がありゃするが……」

「同じような話……ですか?」

「あねさんの話とは……ちょっこし違うが、わたしゃあんまり誰にもそげなことは話さんけどね」

そこまで言ったおばさんは、黙ったまま目を細めて北に向かって広がる海を見つめています。言葉を濁したおばさんですが、これから行く魚瀬のことでもありウメは詳しく聞いてみたくなりました。

「どんなお話なんですか。ぜひ教えてください」

「たいした話じゃないんだがね。学校の先生の話だわね」

「学校の先生?」

ウメは御津の浦で別れた新聞記者の弘一郎と菅浦で教師をしている久美比丘尼のことを思い出しました。二人が所帯を持って仲良く暮らしている姿が浮かんできます。

「では、話しましょうかな、それはな――」

おばさんは海を眺めながら語り始めました。

夜光虫

中島茂太は、三月に島根県師範学校を卒業し、大野小学校の訓導になった。大野小学校は、宍道湖岸から北に向かって二キロばかりのところにある小さな学校である。

赴任した翌日のことだった。茂太は校長から話があるから校長室に来てくれと言われた。

「中島先生、大野小学校はどうですか?」

どうかと言われても、何もかもよく分からないから、これから頑張ります、と茂太は答えた。

「いや確かにそうです。私は君におおいに期待しとるんでね」

二十歳になったばかりの茂太は、お世辞かもしれないが期待していると言われれば悪い気はしない。

「魚瀬には分教場があるんで、いずれ君も魚瀬の集落へ挨拶に行くことになるが、それはそれとして」

「分教場や魚瀬の集落のことは少しは知っておりますが、詳しいことはこれから勉強します」

江戸時代から明治の中頃まで、魚瀬浦という村があった。魚瀬という名は、大野瀬浦の訛りからともいい、沿岸に魚がよく獲れる瀬があったことからともいうが、はっきりしたことは分からない。明治六年には魚瀬小学校ができたが、明治二十五年には大野小学校の分教場になった。

「当分の間は内密にしておいてくれたまえ。去年の夏頃に県から知らされていたのだが、実はですな……」

去年というのは明治四十三年のことである。校長は、来年の三月で魚瀬にある分教場を本校、つまり大野小学校に統合することが県のほうで本決まりになったという。

「いかに分教場といっても、集落から学校がなくなるということは住んでる人にとっちゃあ大問題なんだ。それもな、もともと魚瀬小学校というのがあって、それが分教場になってな、さらにそれもなくなってしまうわけだから」

困ったものだという表情を見せながら言う。

新任早々の若い茂太は、突然そういうことを言われても、それが自分とどう関わるのか分からないから頷くしかない。

校長は、分教場を本校へ統合するのは今年の暮れだが、それまでに集落の者に了解してもらわなければならないと言う。集落の住民は薄々は何とはなしに感じているらしいが、まだ正式には話が通してはない。いずれ郡の学務委員と校長が、集落の主立った者を集めて説明をすることになっている。茂太が表だって折衝するなどということではなく、要は集落の人達と学校の関係が、いろいろな面でうまくいくように、その下ごしらえを確かなものにすればよいということであった。

茂太は驚いた。ついこの間まで師範学校の生徒だった自分にそんな大役ができるわけがない。

「そこでだね……」と、校長は机を間にはさんで、身を乗り出した。

「君ね、統合というか吸収と言ったほうがよいかもしれんが、それまでの間、分教場の主任をやって欲しいんだ。そうしながら、魚瀬の人達とうまくやってくれれば、それが効果を生むわけだから」

「えっ、主任……ですか」

茂太は面食らったが、師範学校を出た先生といえば立派な人だと思われ、ましてや分教場に勤めるというのは集落にとって大変な先生が来たということである。その頃は代用教員という言葉があり、そういう先生は師範学校など出ておらず、高等小学校などを出た人がなっていたのであ

る。

校長は、師範学校を出た君だから、分教場主任ということで立場としてもおかしくはないし、君は不満なのかもしれないがとも付け加えた。

そう言われれば茂太としても学校を出たばかりだから、小さな分教場を形ばかりとはいえ、まかされるわけで悪くはない。子どもの相手をしていたにしろ、校長のいうもう一つの役目もやりやすい。

「どうかね、承知してくれるか」

「はい、わかりました。できる限りのことはさせてもらいます」

承知するも何もない。校長から言われれば、難儀な仕事でも受けるしかないのである。

「いや、そう気張るほどではないし、分教場には代用教員を一人付けてあるから、それが子どもの面倒は見る。君は本校からときどき分教場に行ってくればいいのです」

「代用教員の方は、どういう先生なんですか？」

「五十前の女性でベテランだから、子どものほうは任せておけばいいんだ。その先生からは二年後には定年で辞めるという希望が出てます。それはいいとして、分教場を統合したら君のことは、それなりの立場にすることを約束するから」

茂太は、本校の近くに一軒家を借りることにし、そこから分教場には週に二回か三回は行くことになった。

分教場は魚瀬の小さな湾から少し離れた小高いところに建ち、隣には教員のために造られた小さな宿舎があり、そこからは魚瀬の海がよく見えた。

海岸は日本海の波に洗われ崖がそそり立っているところもあるが、一帯には女島（めじま）と呼ばれる小な島をはじめ大黒島、ヒゼン島や繋石、沖辻石などの岩礁が幾つか点在している。雄大な風景とは言い難いが、それなりにまとまって海側からみればなんともいえない風情もある。沖合には朝鮮海峡から北に向かう対馬暖流が東に向かって流れ、さまざまな魚類が季節ごとに獲れることからよい漁場になっていた。

分教場の子どもは僅か十人であり、代用教員が午前中だけ授業をする。茂太には取り立ててしなければならない仕事はなかったから、集落を歩き回り、出会う人ごとに声をかけた。午後になると、子ども達が分教場にある猫の額ほどの庭に遊びに来た。茂太は一緒に遊んだり、時には魚釣りをした。

そして春が終わり夏になった。七月の半ばの暑い日であった。茂太は魚瀬の区長をしている清水豊太郎の家で酒を飲んでいた。夕方まで分教場にいた茂太を見かけた豊太郎が呼んだのである。豊太郎は漁師で小さな船ではあるが幾艘かを持っている。家は浜から少し上の傾斜地に建っていた。茂太は濁酒(どぶろく)をかなり飲んだ、というか飲ませられた。そのせいで足がふらついてはいたが、分教場で泊まるからと、夜が更けてから豊太郎の家を出た。

月が煌々と東の空に輝いていた。坂を昇って分教場に向かった。半ばまで来て振り返ると自分の影が歩いて来た道に長く延びている。影を追った目の先に続く海面は月光のせいか驚くほどの青い塊に見えた。茂太は「面白い形の波だな」と独りごとを言った。空には数え切れないほどの星が散らばっている。青い輝きの中で、不意に一筋の白波が立った。月の光の中で、海面の青と白が見事なコントラストを見せている。茂太は目をこすった。あそこだけ波が立ち上がるわけはないと思いながら目をしばたくうちに、白い筋は消えていた。見間違いかと呟きながら、細い坂道を昇った。それにしても白い波はまるで生き物のようだったなと、振り返ったが、海はただ青いだけだった。なぜか潮の香りが強くなっていた。

次の日、茂太は本校にある図書室で理科図鑑を繰ってみた。何ページ目かで〝夜光虫〟という文字に行き着いた。『渦鞭毛虫(うずべんもうちゅう)で、ヤコウチュウ科の原生動物。暖海を浮遊し、体は球形で直径一から二ミリで淡紅色。二本の鞭毛をもち、波などの刺激で青白い光を発する。』とある。小説では読んだことがある。あれは夜光虫だったかもしれないと茂太は思った。

一週間経って、茂太は豊太郎の家からほど近い集会所で行われた集落の会に誘われた。何かの意図があってのことではない。たまたま思いがけない漁があったので、酒を飲むから一緒にという話だった。茂太は若いせいもあるが、酒は嫌いではない。それに、集落の人達との会合にはできるだけ出たほうがよい。

酒がほどよく回った頃、茂太は一人の漁師に魚瀬の海に夜光虫がいるのかと聞いてみた。

「ああ、おるでね。今夜あたりは出るかのぉ。昼は夜とは違って赤い色、まあ赤潮だがね」

夜光虫は春から夏、つまり五月から九月にかけて海水の温度が上昇する場所で大量に発生する。

「この時期に磯の香りが強うなると、魚瀬の人達は赤潮が発生したことを知り、夜光虫の季節がきたと思うわね」と、漁師は付け加えた。

それを聞いた茂太は、今夜も分教場に泊まってみようと思った。酒を飲んで山道を越えて借家に帰るのも面倒だった。独り暮らしは呑気なものだと茂太は呟いた。

深夜に近い頃、酔い覚ましもかねて、茂太は海岸に出た。夜光虫の中に見た白い一筋は何だったのか確かめたい気持ちもあったからである。あの夜と同じように満天の星だった。遠くに小さく幾つかの岩礁が黒い影を作っている。海の一部が黄緑色に染まっていた。

茂太は着ているものを脱ぎ捨て、猿股一つになり海に入った。泳ぎながら青い塊の中に入った。泡立つ青い水が光る。海の底から光の粒が湧き立つ。本校の図書室で見た図鑑のとおり、夜光虫の煌めく光は鮮やかに見えた。背泳ぎの形になり、静かな海に浮かんだ。青い絨毯の上に寝ているようだった。

遠くで微かな水音がした。波を掻いているような音だ。平泳ぎになり、その音のする方に進んだ。

夜光虫の輝きが目に入ったのは、音が近くで聞こえたところだった。白い布が浮いていた。そうではなく、布が泳いでいるように見えた。

「誰かいるんですかぁ？」

茂太は海に向かって大声を出した。返事はなかったものの、また微かな水音がした。人間が泳いでいると茂太は思った。思い切って近くに寄ってみた。さらに顔が見える距離まで近づいた。女だった。漆黒の長い髪を後ろで束ねている。

「分教場の先生なのね」

あたりを憚るように小さな声がした。

茂太は、心臓が激しく脈動を早めた。〝分教場……先生〟と言った。誰もいないはずの深夜の海で、俺を知ってる人がいる。それも女だ。若い女か、それとも年寄りか？　不意に、女なら若いほうがいいと、埒もないことを思った。

「だ……誰？」と言った茂太の唇が引きつった。

「ついて来て……」

囁くような声だった。「私の後に」と、広い海に誰もいないはずなのに女は囁くように言う。茂太は体のどこかが硬直したような気がした。女は立ち泳ぎになって振り返った。月と星の明りの中で、濡れている顔が見えた。見たことのない知らない顔だ。大きな目もふっくらとした頬も濡れている。それはそうだ、水の中なのだと茂太は納得する。南の方の国か、日本でいえば沖縄というか琉球の女の顔立ちに似ている。薄く日に焼けた顔に白い歯が鮮やかである。魚瀬の集落で歩いていれば、際だって見えるだろう。

　肩から上の女の体は、泡立つ青い光の輪で包まれた。茂太は、岸に向かう女の後に続いて泳いだ。平泳ぎになった女の体を夜光虫が取り囲んでいる。夜光虫の王女だ。女の背中がやけに白く見えた。まるで体が煌めく光で透けて全裸のように見える。確かに夜光虫の女だと、茂太は思った。

　浜から十メートルばかり離れたところに、漁を終えて戻ってきたままの一隻の船が係留されていた。茂太は泳ぎつき船に上がった。船縁が少し高い。女には無理と思った。寄ってきた女に手を差し伸べた。

「引いて」と、船縁を掴んだ反対の手を出した。女は小さく笑っていた。茂太は力を込めて引っ張り上げた。船に上がった女の体は泳いでいる時にみた背中と同じで白く見えた。胸のところに晒(さらし)を巻いている。腰に巻いた布の紐に股から背中に回った紅く長いタオルが通してある。茂太は驚くと同時に呆れを伴うほどの衝撃を受けた。師範学校で地誌の時間に、明治時代の日本の海女は胸は隠さなかったが、股間は男でいえば褌のようなものを付けて海に潜ったと教えられたことを思い出した。

　船に上がって座り込んだ女の肩や下半身が微かに青味をたたえ、星明かりの中で光った。茂太は夢を見ているのではないかと思った。

「先生をいつも見てたわ。戸長さんとこや、今日の集会所とかで」

「……」

「いつか、私、先生とお話がしたかったから」

女の人とこういう形で向き合うのは初めてだった。体のどこかの筋肉がぴくりと動いたような気がした。そのせいでもないだろうが、小さな波に船がゆらりと揺れ、波の音がして茂太は我に返った。

「どうして今夜は……ここに？」

「私知ってたの。一週間前に先生が坂道から海を見てたのを」

「じゃ、あの夜も泳いでいたんだ」

そうだったのか、波の揺れのように見えた塊は、この女だったのだ。

「えぇ、そうなの。今夜は集会所で集まられることを聞いたから、先生は必ず海に来られるだろうと……」

「あなたは……どういう方ですか？」

「先生、そんなに丁寧な言い方しないでください。私はね」

女は〝香川ハナ〟と名乗った。集会所から二軒目の家に一人で住んでいるという。美保関の漁師の家へ十八歳の時に嫁に行ったが、二年経っても子どもが授からず離縁されて魚瀬に戻った。嫁に行っている間に、漁師をしていた父と母は漁に出て嵐に遭い、二人一緒に亡くなった。だからハナは独りで行商をしながら暮らしている。しかし、出戻りで、独り暮らしをしていると、誰もが胡散臭い目で見るのだという。

「先生が魚瀬に来られた四月から、ずっと好きでした。だって、私、いつも一人だったから。集落を歩いておられる時に、何度も出会ったことがありました」

気がつくと、茂太はハナと体を寄せ合って座っていた。茂太は黙っているわけにはいかなかった。

「僕は中島――。今夜はたまたま夜光虫が見たくて」

「お名前は知ってます。戸長さんに聞きました。私だけでなくって、魚瀬の人は誰も知ってることですから。夜光虫のことは、私だけが分かってることです」

「……」

「先生。また夜光虫を見に来ませんか？」

「……」

「約束してください、先生。三日先に」

分教場へ帰った茂太は、朝まで眠ることができなかった。ハナの顔が、夜光虫に囲まれて海の上に浮かぶ体が、そして船の上で体を寄せ合ったひと刻が思い出された。茂太は、女、それも若い女と体を寄せ合ったのは初めてだった。三日先の夜――それは茂太にとって強烈な誘いの言葉である。魚瀬にいる若い女、それも出戻りの独身の女に誘われた。三日先が待てない。茂太は

自分の昂ぶりを慰めようと、夜具を掴んで引き寄せた。

三日が経った。その夜、分教場の宿直室用に造られた狭い部屋で、深夜が来るのを待った。いくら校長が集落の人達と仲良くなれと言っても、このことは違うのではないか。ハナは以前から知っているとは言うが、茂太はこの間が初めてだ。すれ違ったことがあるとも言ったが記憶にない。三日前の夜のことは夢だったのか、いやそうではない。女の体と自分の肩が確かに触れ合った。

ハナと逢えば一度きりではすまない気がする。二度、三度、それからどうなるのだ。名前を知っただけで、どういう素性かもまるで分からない。危ないのではないか。このまま大野へ駆け戻ってしまったほうがいいのではないか。だが、そうはしてもいずれ分教場で仕事をしなくてはいけない。逃げられない。だが逃げたほうがよいのではないか。迷うのはなぜか。茂太は知っている。女のほうから思いを寄せられたのが初めてのことだからである。

分教場の外で風が動いたような気がした。同時に「先生」という震えるような女の声がした。夜光虫の浮かぶ海ではなく、ハナがここに来た。

茂太は思いきって立ち上がり、土間に降りてガラス戸を開けた。月の光を背にしたハナが立っていた。ハナが駆け込んだ。潮の香りがした。

魚瀬に行くというおばさんから夜光虫の女の話を聞いていたウメは、「こういう話が、昔あったんだよ」という言葉を聞いて我に返りました。西の海に太陽が沈もうとしています。

おばさんは、「それじゃ、行くかな。随分と時間が経っちまったから。魚瀬へは一本道だけん、気ぃつけて」と言いながら魚瀬に向かう細いて坂道を行きます。

「あ、おばさん、待ってください。お名前を教えてください」

おばさんが振り返り、小さい声で言いました。

「香川ハナ——っていうんだよ」

おばさんの姿が、細い坂道の先へと消えて行きました。


ウメは恵曇神社の宮司さんが、「魚瀬までは、崖道を下ったり登ったりと大変だから佐香までご一緒します」と言っておられたことを思い出し心細くなり、古浦まで引き返したくなりました。でもここまで来て踵（きびす）を返すを返すことはできません。ウメは、夜光虫がいたという海に夫の与三郎を重ねながら、魚瀬に向かって一人で歩き出しました。

与三郎が行方不明になった頃、何日も続いた赤潮の影響で漁ができなくなり、村の人々は困っていました。網元だったこともあり、何とかしないと、与三郎は焦っていました。悪いことと知りながら、仲間内で禁じられている漁場へ漁師を行かせることにしたのです。義父やウメは、法を破ったことに苛まれて、家を捨て出て行ったのだと、後に村の若者に聞きましたが、本当かどうか分かりません。むろんウメは信じているわけではないのです。義父は何も言わず、村の若者達に聞きもしませんでした。

若者達の作り事かもしれないのです。それにしても、どうして未だに与三郎さんの行方が知れないのでしょう。

伊野浦　狭槌神社（旧社名　焼火権現）

垢離取歌

伊野うらの竈にきはふ煙かな藻塩焼火の神の誓ひに

ウメは魚瀬から地合の狭槌神社に向かって歩いているのです。東と西地合があり、断崖絶壁の狭く危険な道だと聞いています。

影の私は本土から約六十キロの海を越え、日本海に浮かぶ隠岐島の西ノ島町に焼火神社があり、かなり前ですが訪ねたことがあります。隠岐島が、流刑、なかでも最も重い「遠流（おんる）の地」となったのは、神亀元年の聖武天皇の時代です。天皇、皇族、公家、学者や僧侶など、多くの人が島流しにされました。千三百年前の流刑の歴史が持つ重みに、深い感慨を覚えたのです。

焼火神社（別名・隠岐の権現さん）は、西ノ島美田に聳える海抜四五二メートルの焼火山の中腹にある巨大な岩の壁へ、埋め込まれるように建てられています。

日本海を往来する船人達に、海上安全の神と崇められ、隠岐島の社殿では最も古い建築で、平成四年に国指定重要文化財となりました。

「焼火社」の名は後鳥羽上皇の「灘ならば藻塩やくやと思ふべし何をたく火の煙なるらん」という歌に因むといわれ、隠岐の人達は、古くから焼火神社が出す神銭を船霊（ふなだま）様として祀っています。船が難破しそうになった時に焼火権現に祈念すると、海中から三筋の神火が現れ、その中央の光に向かえば無事に港に着けるといわれています。

帰り道、そんなことを思い出しながら狭槌神社の鳥居近くに置かれている、伊野浦に漂着したという無縁仏に手を合わせ、神社を後にしました。

影の私は、雲州平田駅から電車で伊野駅へ向かいます。乗ったのは、大正三年に産声をあげた一畑電車です。松江市と出雲市を結び、日本海からの季節風をさえぎるともいえる北山山脈に並行して宍道湖の北岸を百年の時を刻み、走り続けている電車です。それぞれの駅はむろんですが、その沿線で、電車と共に暮らし電車を眺めながら毎日の生活を続けている人達を見てきました。そして、人々と深く関わる季節の移ろいが、影の私の心の中に残っているのです。

車窓を鮮やかに染められた緑の畝が並ぶ茶畑風景が通り過ぎていきます。夏の太陽を浴びて茶葉が光る丘も遠くに眺められます。視線を左に移すと宍道湖が煌めく水面を見せていました。

影の私は、電車を降りて畦道を歩き始め

ブタナ
花言葉「最後の恋」

ました。白いガードレールで縁取られたように見える伊野川は、古くは、秋鹿郡と楯縫郡の境だったといいます。出雲市の伊野の里は、昭和三十五年四月に平田市と、さらに平田市は出雲市と合併しました。聞いてみると、それぞれ地区に住む人達にはお互いによく知っている人や親戚が多いというから、なるほどと頷けるのです。

道沿いには、タンポポによく似た黄色い花が咲いています。ブタナです。咲き誇る花にとっては迷惑な名ではないかと思うのですが、可哀想な気もします。

植物専門の言葉で根出葉（こんしゅつよう）というようですが、その言葉とおりの植物です。道端や空き地の草むらなどで、葉を広げて寒い冬を越し、太陽に促されて青い空を仰ぎ、短かった茎をぐんぐんと伸ばし、流れる雲と語っているように思えます。ヨーロッパで生まれた花なのですが、日本には昭和の初め頃に北海道に渡って来たといいます。そして、日本中に広がりました。花言葉は「最後の恋」とか。歳を重ねれば重ねるほど、恋心は大切に思われます。それが、老いる心を踏み留まらせてくれそうな気がしています。

一畑寺の坂の下にある自動販売機に、商品を詰め替えている大正生まれだという女の人が、賑わった昔を語ってくれたことがあります。

かつて一畑の駅がありましたが、戦争中に、金属の供出があってレールもその犠牲になりました。そのため、電車は現在の一畑口駅の小境灘駅までになりました。昔の線路の道を今は車が走っています。この辺りは旅館街でした。それでも幾つかの古い家やお店は当時のままに残されています。

昭和三十六年に山陰では最も大きいといわれた遊園地の一畑パークができると、お店の多くは一畑パークの周辺に移られました。思い出深い憩いの場所も、レジャー客の減少が続き運営が難しくなりました。

「昭和五十四年に閉鎖されてなくなりましたね……。時代の流れでしょうか」

立ち退いた店の跡に広がる荒れた草地を指差す横顔に、一瞬寂しさが過ぎったように感じられましたが、休めていた手を動かし作業に戻られました。その横顔に影の私は呟くように、言いました。

「子育ての頃を思い出します。休日には子どもたちと電車に乗りました。最初は一畑口駅のスイッチバックに子どもたちは戸惑いましたが、窓から顔を出して面白がっていましたね。動物園、遊園地で遊び、レストハウスで食事した私の家族アルバムで

す。お元気で……」

――一畑パークは山のうえ　たのしいかわいい夢の国　芝生も青くかがやいて　花もいっぱい咲いてるナ――

秋の澄んだ一畑薬師の空から、懐かしいテーマソングが聞こえたような気がしました。

記憶に残る一畑電車の社章は、中央の〝一〟は一畑薬師の一畑から、それを囲む電車の車輪、外側は自動車のハンドルを表していました。今は朱色の丸に双葉マークとなっています。

影の私は地合漁港の朝市の看板を眺めています。看板の後ろから潮騒のささやきが聞こえてくるようです。巡礼のウメも東地合から西地合である伊野浦へと歩いているのでしょう。下川橋バス停の時刻表を見ると、地合行きのバスがあります。しばらくすると、魚介類の絵柄が描かれた可愛い生活バスが来ました。山裾の狭い道をバスは行きます。三ノ谷、堂ノ本、株ケ床など集落名の立て札が続きます。

杉木立の向こうは日本海のパノラマが広がっています。牛の首と呼ばれる岬も見えます。緩やかな斜面に畑や点在する人家が眺められます。ヘヤピン状の崖の道を生活バスは漁港に向かいました。

漁港には不似合いと思える派手な柄のついた大きなパラソルを日陰にして、網を繕う夫婦がいました。

伊野浦には、イカ釣り船で賑わったのは昔です。が、最近は定置網漁です。子ども神楽があります。「さし」と呼ばれる棒で餅搗きをし、家ごとに料理を持ち寄り、夜の十二時頃まで頭屋は賑わうといいます。太鼓や笛の囃子が、海風に乗って聞こえてくるような気がしました。

影の私は、島根半島海岸線を何度も行き来したこともあります。満開の桜並木の道を魚瀬から地合に向かっていると、そのうち、南無大師金剛の赤い旗が立つお寺「正受寺」に着きました。松江市と出雲市平田地区の境界線にあるお寺なのです。海から吹き上がって来た潮風の中に、波の音が混じっています。

この寺を建立した村松元市は、壮年の頃に健康がすぐれず、霊験あらたかと聞いていた四国巡礼をしました。快方にむかった元市は報恩感謝のためにお堂を建て、弘法大師像を安置し、大正四年に落成人仏供養を営みます。その後、成相寺の門弟となり、玄海と名乗りました。境内の後ろの山は、巡礼四国八十八ヶ所、一番札所霊山寺から結願の大窪寺まで、来待石の碑が置かれていました。密教の地に迷い込んだ心境になります。ご縁と思ってお参りしたあの日のことを思い出しました。今は無住寺です。

四国寺　昔語り

ありのままに自分を見つめることから、お遍路は始まります。人の心は、三つの世界を彷徨っています。欲の世界、色の世界、無色界。欲におぼれ、失う若さを惜しみ、時が過ぎるのも、自分の損も忘れて、人の幸せを祈り、そんなことを一生繰り返しています。

影の私は、四国八十八寺を四回に分けて結願することができました。和尚さま、家族、志を共にした仲間、宿泊先で、沢山の出会いの人たちの善意を受けました。

四国路には弘法大師さんのお話がたくさん語り継がれて残っています。霊山寺から十楽寺までは、三回目の巡礼で野波浦のところで語りましたから、その続きをお話をしましょう。

観音寺

御詠歌

忘れずも導きたまえ観音寺　西方世界弥陀の浄土へ

このお寺は、徳島市国府町観音寺にあります。遍路は、ひとりの修行者として、お札を霊場に残します。お札は、修行者が行をした証なのですから、行場に残しておくのです。納め札入れが本堂、大師堂にあります。写経入れと間違わないように気を付けます。遍路の回数によって、使う札が六種類の色に分けられています。白は一回から三回、青は四回以上、赤は八回以

上、銀は二十五回以上、金は五十回以上です。最高は錦で、百回以上となっているのです。

最初は亡くなった人の供養に、次には家族の幸せを願い、そして、自分のために行を積むのが普通の順序のようです。何回も遍路をされている人の有り難いお札で、きっと願い事が何も書いてないはずです」と、影の私は教えられました。運のいい人には見つかるといいます。私も気に掛けてのぞきましたが、授かることはできませんでした。このことについて先達さんから、実際に目の前で起こったというお話を聞きました。それは次のようなお話です。

山門で一匹の犬がお遍路さんのお参りされるのを待っていました。この犬は境内を案内するのです。犬の好きな出雲市斐川町の遍路さんが、お寺の門前の屋台で饅頭を買って犬に与えました。参拝を終えて帰ろうとするとその犬が近寄ってきました。なんと金の札を口にくわえていました。施しに対してのお返しだったのです。

田園を突っ切ると落ち着いた商店街です。この辺りは国府があったところで、早くから古代、中世には文化が盛んだったので、古代寺院の遺跡が点在していました。観音寺は、そこにありました。

奉納者氏名と奉納金額、金百万円、金五十万円と彫られた石碑がずらりと並んでいるので驚きました。道に面してどっしりと古い骨格の鐘楼門は、大鷲が翼を広げているようにも思えます。さぞ、境内も立派だろうと想像したのですが、街の中のお寺らしくこじんまりとしたものでした。

目の前が直ぐに本堂で、右手に大師堂があり、簡素で爽やかさを感じました。お茶のお接待がしてあり、喉が乾いていた私を潤してくれました。四国八十八カ所でここだけという、お経光明真言の木製印版が二つあるそうです。お大師さまが書かれたと伝えられる字を刻印したといわれ、お遍路さんの着ている白衣の襟に押すそうですが、聞いただけで誰もしていないようでした。遍路にはそれを押す「位」か、関心がないのかのいずれかでしょう。

石碑の中にお地蔵さんがありました。〝夜泣き地蔵さん〟です。赤ちゃんが夜泣きすると「近所に迷惑をかけるので、自動車に乗せて走り回ると、いつしか眠りますのよ」と言われた若いお母さんの話を聞いたこともあります。毎晩泣かれたら大変です。そんなお母さんがこの地蔵さんを頼って、手で撫でさすられたでしょうか、すり減った目と鼻が光っています。夜泣き封じをお願いして治(おさ)まると、お礼に新しいよだれかけを作って、お地蔵さんに掛けてあげるそうです。お年寄りなど、夜眠れない人たちにも願いをかなえて下さるというのです。幾重にも掛けられたよだれかけからは、この地域の人たちとの信仰のつながりを感じました。

井戸寺

御詠歌　面影を映してみれば井戸の水結べば胸の垢や落ちなむ

井戸寺は、徳島市国府町井戸にあるお寺です。

「四苦八苦」という言葉があります。大変な苦労をしたという意味で、もともとは仏教で使われるのです。

生苦――赤ん坊が狭い産道を通ってこの世に誕生します。
老苦――恋も仕事も輝いていた青春ですが、いつしか身体も頭もだんだん老いてきます。
病苦――病気は、誰も好きではありません。
死苦――死ぬことは誰しも辛いことです。
　この四つの「苦」に、もう四つ加えて「八苦」になります。
愛別離苦――愛するものと別れることは悲しいものです。
怨憎会苦――恨みや憎しみを持った人と会うことも嫌でたまらない人とも付き合わなければならない苦しみです。
求不得苦――思い通りにならないのがこの世です。欲しい物が手に入らないのも苦しみと言えます。
五蘊盛苦――私たちが生きて存在するそのものが苦しみを盛る器のようなものです。

徳島市内には、五つの札所が長閑な田園の平地に連なっていることに気付きました。ふと、私は「出雲霊場五カ寺」を思いました。長谷寺と養命寺、観音寺、神門寺、鰐淵寺です。それらには、気軽に癒しを求めて巡る地域と信仰の絆があります。きっと、ここに住む人達も同じように、寺院と関わりながらの日々の暮らしがあると感じました。古代阿波の中心地であったというこの付近も、今は農村地帯です。華やかであった頃の面影はありません。
　降っているのかどうか分からないような霧雨が、前髪を濡らしました。次の札所への移動も、雨カッパをバスの中で着たままです。雨に濡れ、哀しみや自分のことが嫌になったことなどを洗い清めてくれるお参りになりました。

境内の駐車場から眺めると、朱塗りの仁王門に目を奪われます。武家屋敷の長屋門のような造りです。両側の仁王像は四国では最も大きいものだそうで、半裸の筋肉質の金剛力士です。いかめしい顔で睨まれると、心の中を見透かされたようで、私は小さくなってしまいそうです。

井戸寺という名前通りの物語があります。人々は水が濁って困っていたとき、大師様がこの地を訪れました。大師様が錫杖で一晩の内に井戸を掘られました。きれいに澄んだ水がこんこんと湧き出て尽きませんでした。大師様はその井戸に自分の顔を映され、石にご自身の顔を彫られたのです。それを日限大師としてお堂に祀られました。三日、あるいは一週間とか、日時を限って毎日祈ると願いが叶えられるそうです。「め」と書いた半紙が

沢山貼り付けられてありました。特に叶うのは、目の病だそうです。

ほとんどの寺の本堂は、ガラス張りか仕切り戸越しにしか拝観できないのに、お像を間近に見ることができました。ほの暗い中に浮かぶ金色の七体の薬師如来様は荘厳でした。

立江寺
御詠歌　いつかさて 西の住居の わが立江 弘誓の船に 乗りていいたらん

立江寺は、徳島県小松島市立江町にあります。

四国十九番、立江寺は「関所寺」ともいい、人の欲望の恐ろしさを教えてくれるお寺です。ここには、お大師様に密通を見破られてお咎めを受けた男と女の物語がありました。

昼の食事を終えた満腹感と、快いバスの揺れに睡魔が襲ってきます。これから行く立江寺は、諸人の理非曲直を見分ける関所といいます。不義密通とか、邪悪の心を抱いた者には天罰が下されるというガイドさんの鋭明を聞き、本当に恐ろしくなって、居眠りを始めた目が覚めてしまいました。

山裾に沿って、田野街道という田園地帯を通り抜けると、ひときわ高い多宝塔が木立の茂みの中に見えました。土産物の店や飲食店が古い町並みを造っています。

「弘法大師様のお咎めを受けて、前に進めなくなったらどうしよう」

参道で耳にしたそんな会話にも明るさがありました。私は黄色のレンギョウ、白いモクレンの花に癒されて、本堂に向かいました。

このお寺には、今から百七十年もの昔、島根県の石州浜田の城下町に生まれたお京という娘の、悪いことをすればこんな恐い報いがあるというお話があります。

お京は十一歳の時、芸州と呼ばれていた頃の広島へ芸妓に売られました。十六歳の時、移り住んだ、現在の大阪市の浪速で芸者をしている時、要助という男と恋仲になり郷里に帰って夫婦になりました。生れつき我が儘なお京は、長蔵という別の男をつくると、夫の要助が邪魔になりました。長蔵をそそのかして要助を殺させたのです。駈け落ちして、現在の香川県にあたる讃岐に来ました。追っ手から逃れるためなのか、罪ほろぼしのためか、お遍路姿に身を隠して、立江寺に来たのです。

本堂の前で本尊を拝もうとした時です。急にお京の黒髪が逆立ち、鐘を鳴らす紐に巻き上げられ、お京は悲鳴をあげて苦しんだのでした。長蔵は突然のことで驚き、院主さんに助けを求めました。長蔵とお京は、仏の罰の恐ろしさを知って懺悔したところ、髪の毛は頭の肉もろとも離れ、かろうじて命は助かりました。二人は犯した罪を悔い、真人間となって寺の近くに住み、末長く要助の霊を弔ったということです。

その時のものと言われる髪の毛の付いた鐘の緒が、本堂に置かれていました。

鶴林寺

御詠歌　茂りつる鶴の林をしるべにて大師ぞ居ます地蔵帝釈

鶴林寺は、徳島県勝浦郡勝浦町にあります。
出雲市の国富町にある康国寺の奥さまから頂いた『念ずれば花ひらく』という本に、仏教詩人といわれる坂村真民（さかむらしんみん）の詩が載っています。心悲しむとき、なぜか読みたくなるのです。

草がむかしを語ってくれる
木がその声を伝えてくれる
石が沈黙の口を開いてくれる
四国の道にはそのようなゆかしさが
今も残っている
捨てて捨てて
捨て果てた
二人の聖の通っていった
あしおとが
今も聞こえてくる

「八歳のとき父が急に死んだので、一ぺんにどん底の生活が始まり、長男のわた

しは母とともに、荒れた畑を借りて耕し、いもやそばを作った。（略）そんなことから野の草、野の花の強さ、美しさというものを知り、それがやがてわたしの骨格となり、細胞となり、血液となり、魂となっていった。」とも、坂村真民は書いているのです。

鶴林寺に通じる道の両側に植えられたみかんの枝がバスの窓ガラスを叩くかのようです。この季節、店先から消えたみかんが所々たわわに実っていました。点在していた民家もなくなり、しだいに深山の気配に包まれていきます。鬱蒼とした原生林のような森の中を貫く山道は急勾配で道幅は狭く、蛇行した道を大型観光バスが車体を揺らしながら走ります。運転手さんの腕を信頼しているのはもちろんですが、弘法大師様と同行の旅ということでもあり、みんな不安はありませんでした。

樹齢千年を超す杉、檜に囲まれた境内は静まり返っています。歩いて登って来たお遍路さんはお堂でお経をあげたあと、ゆっくり休んで下りられるので、車で来た人とはすぐに見分けがつくそうです。歩き遍路さんに出会うと手を合わせたくなります。

石段を上がると真正面に、二羽の鶴に左右を守られている本堂があります。お大師様修行中、霊雲たなびく中を雌雄二羽の白鶴が老木の杉に舞い降りました。小さな黄金の地蔵菩薩を大切に羽根に包んで守っています。夢のお告げを感じたお大師様は直ぐに地蔵菩薩を刻み本尊とされたのでした。その地蔵菩薩は「矢負いの地蔵」とも言われています。

山麓の猟師が、飼い犬を連れて猟に行きました。夕方になっても何も捕れなかったので、鳥や動物を捕ってはいけないとされている鶴林寺の山林に入ってみました。突然、猪が現れたので、これはよい獲物だと矢を放ちました。見事に命中したのです。逃げる猪の後を追うと本堂に来ました。よく見るとご本尊の胸に矢が突き刺さっていました。菩薩が猪に姿を変えて、殺生禁断の掟を破った猟師を戒めるため、自ら犠牲になって教えられたのでした。それを知った猟師は出家して、坊さんになったということです。そんなお話を聞いて、私は本堂に向かって手を合わせました。

太龍寺

御詠歌　太龍の常に住むぞやげに岩屋舎心聞持は守護のためなり

太龍寺は、徳島県阿南市加茂町にあるお寺です。

遠くの春雷が夢の中から心地よくに聞こえ、大空の黒雲の中から天を貫く稲光は神秘性があり美しいとさえ思うのです。こんなことを言えるのは、被害に遭ったことがないからです。平成三年の台風十九号のときでした。主人は出張中で子ども達は他県に進学、家に居るのは、私ひとりでした。深夜から未明にかけて、瞬間最大風速五十メートルの嵐の中では、生きている心地がしませんでした。何か危険なことが起きたら、いつでも飛び出せるように準備をして、一晩中、寝床の上に座っていたことがあります。プレハブの物置が倒れる音を聞いて、窓から外を見ました。突風が渦を巻き、トタン板が宙を舞っていた光景は、いまでも鮮明に瞼の奥に焼き付いているのです。

社会情勢が変わり、天災のみならずさまざまな恐怖が私たちの身の周りに見られるようになりました。無差別殺人が世間を騒がせ、小さな子どもたちまでもが、「死への恐怖」を感じるような時代になったような気がします。いつの世でも、法の網目をかすめて、天罰を恐れぬ所業に何とも思わない人がいます。悪行の報いは遅かれ早かれ必ずやってきて、その人の心につきまとい、苦悩と恐怖とをもたらすでしょう。たとえ豊かであっても、手を汚した報いにおののく生き方よりも、清く貧しく、般若心経にある無有恐怖、つまり恐れがないという生き方を選びたいものだと思います。

広いフロアにレストランから流れ出る美味しそうな匂いが立ちこめていました。六百メートルの太龍山を登って行くロープウェイ発着の山麓駅です。これから二十一番札所、太龍寺に行くのです。往復料金は大人二千四百円です。その切符を受け取ると特産品が並ぶ売店の前を乗り場に急ぎました。全長二千七百七十五メートルを所要時間約十分で、山頂駅に着きます。高所恐怖症の私ですが、好奇心にかられて窓辺に席を取りました。修行不足のせいでしょうか、霧雨が視界をシャットアウトしています。それでも、真下の那賀川ワジキラインが曲線美を見せてくれました。良い天気の日には、剣山山系、紀伊水道、橘湾と移り変わる景色を楽しむことができるそうです。ゴツゴツとした岩山に、座禅を組んおられる弘法大師像を見ました。私は深々と頭を下げて合掌し、無事に全日程の巡礼が出来るように祈りました。

改札口を出ると巨杉の間に霧が立ちこめ、ひんやりとした霊気を感じます。緩やかなスロープの脇道もありましたが、黒門のある石段を登りました。雨に濡れているので滑らないようにゆっくり本堂に向かいます。福（幸福）、徳（人徳・財力）、知恵（学力向上）を大空のごとく無限に授ける虚空藏菩薩が祀ってあるのです。

お大師様十九歳の時、修行の場所を求めて鷲町に来られましたが、道に迷い、たまたま蛀子神社に行きつかれました。そこで祈願されているときにお告げがあり、剣を咥えた鷲が飛んで来たのでした。お大師さまは鷲に導かれ山頂へ難なく登られたのです。鷲は剣を放しました。落ちた所が、現在の太龍寺なのです。鷲がお寺を開くのにふさわしい場所をお大師様に教えたのでしょう。本堂の裏には、太龍寺の鎮守として蛀子神社の氏神が今も祀られています。

境内には、さまざまな高山植物が自生していました。シャクナゲ、アジサイ、モミジ、ツバキ。四季を通じて訪れる遍路さんの心を和ませてくれていることでしょう。

伊野浦　　狭槌神社（旧社名　焼火権現）

平等寺

御詠歌　平等にへだてのなきと聞く時はあらたのもしき仏とぞみる

平等寺は、徳島県阿南市新野町にあります。

薬師如来様はもと菩薩として修行中に、人々の病気を治し、体の不自由な人をなくし、衣食の生活を充実させ、十二のもろもろの願いごとを立て、それらを成就することで仏になられたそうです。この薬師如来様を念ずれば、特に重病人が、その生命を延ばすことができるといいます。

平等寺には、ご利益を得て難病を克服した人々の礼状や、多くの記念の物品が奉納されていました。結願の暁には不要になったギブスや、松葉杖が沢山ありました。四国八十八カ寺を巡る人々の喜びが、時空を超えて伝わってきます。

医者にも見離され、ひたすら大師にすがり、奇蹟を信じて巡拝する遍路ですが、これを四国病院へ入院するといいます。

宿や道中で、一緒になったお遍路さんに、相手の家族のこと、遍路に出た動機などの個人的なことを、あれこれと質問するのは慎まなければなりません。悩み、苦しみを抱えて出掛けた人もあるのですから。

険しい山です。そこに石灰鉱山がありました。この辺りは、その産地で工場もあります。川に架かった橋を幾つか渡り、トンネルを抜けると、穏やかな山間の里におりてきた実感がしました。小さな門前町です。小川に沿って行くと、山を背に

して二層の山門が見えました。その立派な仁王門をくぐった真っ直ぐのところに石段があります。四十二段の男坂で、本堂左の不動尊から下りる石段は三十三の女坂です。一円とか、十円をその石段ごとに置いて厄落しをする人もいました。人生には厄年があるのです。災難に遭うからいろいろなことに慎み深く振る舞わなければならないとする年齢は、普通、男は二十五と四十二歳、女は十九と三十三歳、還暦の六十一歳で、厄払いをする習慣があります。人生の災厄を厄除けをしようとする切なる願いです。

その厄坂の石段の脇に井戸がありました。そのお話をします。

お大師様がこの地で修行されていた時のこと。五色の霊雲が現れ、薬師如来の尊像が光り輝いていました。お大師様は早速祈祷に使う水を求めて、井戸を掘られたのでした。そうすると、乳色の霊水が溢れました。この水で身を清めたお大師様は、百日の修行をされ、薬師如来を刻まれたのです。全ての人が幸福になりますように、全ての人に仏の救済がありますようにと、お祈りをされます。そして、この寺の名前を平等寺と付けられたのです。

伝説の井戸は「白泉水」と呼ばれ、どんなに日照りが続いても枯れることはないそうです。こんこんと湧き出て、飲めば万病に効く弘法の水としてお参りの方が汲んで帰られます。屋根の下には、お持ち帰り用のビニールの容器が二百円で売られていました。

私は山門まで行くことをやめて、踵を返しました。毎日の薬をこの水で飲むと、ご利益があるかもしれないとの思いがしたのでした。伝説には人々の願望と祈りが込められているのです。

最御崎寺

御詠歌　明星の出でぬる方の東寺 暗き迷いは などかあらまじ

最御崎寺は、高知県室戸市室戸岬町にあります。

呪文とは、おまじないの言葉です。唱える人の意志、願望を示す言葉、意味不明のものなど、いろいろなおまじないを暮らしの中で使うことがあります。たとえば、目にものもらいが出ると変な顔になります。あるときそうなった思春期の私は、恥ずかしくて学校に行くのが嫌だったことがありました。寝間着にしている袷着物の褄のところを糸で固く結んで豆を作りました。そして、何やら訳も解らないおまじないを言うと、ものもらいにとても良く効き、早く治ったのです。

おまじないといえば、子どもの変身願望を満たす「ひみつのアッコちゃん」というマンガがありました。コンパクトに向かって「テクマクマヤコン、テクマクマヤコン、〇〇になあれ」と唱えます。すると、望みのものに変身できるのです。それが子どもの夢を誘うのです。子どもが大好きな「ドラえもん」はロボットです。ポケットから便利で役に立つ、いろいろなものを取り出して活躍します。このマンガに登場するもう一人の主役、のび太君は、ちょっぴり頼りない男の子で、「ナルケマ、レバンガ、カピカッピ」と歌います。それは元気の出てくるおまじないのようです。そのほか忍者のマンガなど、テレビから受ける不思議な世界を楽しんでいる子どもたちを見ると、なにとはなしに微笑ましいものです。

呪文、密言（真言）を唱えれば、迷いや悩みを吹き飛ばす力があると言われます。多少とも真言を心の拠り所にして、みんなが生活しているのではないでしょうか。大人も子ども達も同じです。

若者がサーフィンをしているのが見えます。私はそんな風景を見るのは初めてでした。しかも三月です。常夏のハワイの風景のようです。果てしなく広がる空と海、太平洋の荒波が打ち寄せる海岸、切り立った岩礁や白く美しい砂浜、幾つもの岬が美しい風景を創り上げています。私が幼い時から遊び場所にしていた日本海とは、色と明るさがどこか違います。遙かな先に室戸岬の灯台が見えてきました。

最御崎寺近くにある海岸植物群落の遊歩道を歩いてみました。海を望んだ岬に立つ高さ二十一メートルの青年大師像は、昭和五十九年に建てられ新名所となっています。

アコウの巨木、ウバメカシ、アオギリ、バショウなどの亜熱帯性樹林が群生している山門を潜りました。千二百年余りの間、台風と闘いながら耐えてきたのです。自然の厳しさの中にしたたかさを秘めている様子を見せて佇んでいました。

お大師様は、十九歳の時に海に面した暗い御蔵洞で修行されました。そして自分の進む道は仏教だと悟られたのです。急な坂道を登ったところに一夜の内に建立されたという岩屋や、捻り岩という洞窟がありました。大師の母が我が子を案じるあまり、男装をして入山されたときに、山が荒れたのでお大師様が念仏を唱えて風を鎮め、岩をねじ伏せたためにできたといわれる洞窟です。最御崎寺は、明治の初めまでは女人禁制だったので、そのような話も伝わっているのでしょう。

うねる波に洗われた海岸線の織りなす景色は豪快です。そこに坂本竜馬の盟友だった中岡慎太郎の銅像もありました。社会、国家のため自分を犠牲にして尽くそうと志した「海援隊」のひとりですが、京都の近江屋で幕府の見回り組に殺害されました。

海岸線の道を歩いている白衣の人を見ました。車なら二時間の道程ですが、歩き遍路なら一日もかかります。高知は、修行の道場です。果てしなく続く水平線やお大師様の息づかいを背に感じ、さまざまな想念が湧きます。過去を振り返り、家族の顔を浮かべながらの自分との厳しい対決が遍路の修行です。

坂浦（佐賀浦）　鞆前神社（旧社名 日御碕神社）

垢離取歌
佐賀うら（浦）の渚の塩の清ければか丶る我身に穢（けがれ）あらじな

足下のおぼつかないウメは、崖沿いに続く細い道を懸命に歩いて行きました。あともう少しで坂浦に着くのですが、木の根っこに躓いて転んだり、時折強く吹く海風に足を踏ん張りながら歩いたので少し疲れています。覆い被さるように茂る枝が大きな蔭を作っている下で少し休もうと思いました。

ウメにとって四十二浦巡りの出立は坂浦の港からでした。菩提寺の和尚さまの計らいで美保関に豊漁祈願に行く船に乗せて頂いたのです。

鞆前神社にお詣を済ませたら、和尚さまを訪ねて見たいとウメは思いました。

西に傾き始めた太陽は、道端の彼岸花の群落と日本海を、金色に輝く光の洪水で包みながらも う直ぐ静かに沈んで行くのです。

彼岸花を見て立ち止まったウメの後ろで影の私も足を止めました。影の私は、いつでもウメを見守る役目があります。歩くウメに危険が迫ると感じたら、木の蔭を作ってやればウメは休むために腰を下ろすのです。そして、いつものようにノスタルジックになり、ファンタジーの世界に入って行くのです。

曼珠沙華の精

伸びた夏草が刈られた後の小川の畔に、葉のない三十センチほどの花茎が急に伸びた緋色も鮮やかな彼岸花を見た。土手の辺りに群生し、真っ赤に燃え立たせ、豊かに実った稲穂の田んぼと対照的に秋への移りを告げている。僕は曼珠沙華と別名で呼ぶ方が好きだ。鮮やかな線のような雄しべ、雌しべ。そり返った花弁を輪状につけて、妖しいほどに上品で、美しく艶めかしい花姿に心惹かれる。血の色をして咲くからホトケバナ、キツネバナ、カンバナと忌み嫌う不吉な呼び名から、好まれないこともある。魔性、毒々しい、妖しいと言われればそんな気にもなる。

幼かった僕にも、この花は不思議な雰囲気を持って、いつも迫って来るのだった。

その花が咲く季節だった。川べりの通学路は、空気が澄んでいた。遠くの山も近くの葛屋も、その庭先に枝を広げた柿

の木もくっきりと見えていた。川岸の向こうに咲く曼珠沙華に僕は捕まった。激しいほどの赤い色に、僕は魅せられたのだ。触ればぽきぽき折れる。その快感に、僕の胸につかえたもやもやは吹き飛ばされるはずだ。

キャンバスの布で作られた掛け鞄と、ゴムの単靴をほうり投げ、素足になった。畦道に続く丸木橋を渡って向こう岸の曼珠沙華のところまで行くのだ。両手を水平に広げ、爪先に神経を集中させ、慎重に足を運ぶ。恐怖心はない。水は澱んではいるが薄っすらと川底の藻や小石が見えている。落ちても溺れることはない。

渡りきり、燃える炎のような曼珠沙華の花の中に全身を投げ出した。ぽきぽきぽき……折れた花はベッドを作り、静かに僕を受け入れてくれた。体と花の重ならない隙間に忍び込む花弁のくすぐったさがたまらない。微睡みのひとときが訪れた。

曼珠沙華の首飾りがとても似合いそうな女の子がいた。一人っ子でいつも新しい洋服を着ていた。その頃には、珍しかった赤いナイロンの鞄を持っていた。何をさせても、どんな立ち振舞いをしても彼女は美しかった。正確な標準語を使う、東京からの転校生だった。曼珠沙華で、その子の白いフリルの付いた衿元を飾りたいと思った。

僕は花を付けたままの長い茎を折った。花茎を三センチ位で折り、皮をつけて左へ裂き、次は同じ長さに皮をつけて右に折り裂く。花の所まで交互に折り分けてゆく。二つに分けたものを輪につなぎ首飾りにした。

大きな瞳に長いまつ毛、豊かな黒髪、赤く美しい唇を持つその女の子は、少し膨らんだ胸に僕の作った首飾りを押し当てる。嬉しくなった僕は彼女に「さよなら」を言って踵を返す。だが、その首飾りは、引き千切られ捨てられ、川に流されたことを僕は知らなかった。

僕は自分の首飾りを丁寧に作り、スキップしながら家路を急ぐ。開襟シャツの胸元で赤い花が踊る。戸口に足を踏み入れたとたん、追い出された。

「カジバナなんか付けて家の中にはーだない。大火事になる。男の子が首飾りなんぞして、昔、あそこの土手で遊んでた女の子が獣と間違えられ、猟銃で撃ち殺されたことがある。流れた血に咲いた女の子の化身が彼岸花だ。そんなもんで首飾りしてー、あら恐ろしや」

それから直ぐだった。女の子は東京に帰ってしまったのだ。

曼珠沙華が咲く季節になって僕は再びここに来た。僕は曼珠沙華の妖しい魔法にかけられて、川の土手で空想と白昼夢の世界にいた。(こんにちは、お久しぶりね。曼珠沙華の首飾りのお返し、あげてなかったわね)あっ、あの女の子だ。走り寄る女の子の唇を僕は待っていた。

その時、一発の銃声がした。

「大丈夫ですか。猟を終えて山から下りてきたところです。あなたには見えないでしょうが魔物が取りついていました。彼岸花の咲き終わる頃によく現れるそうです。燃え尽きようとする花の精でしょうか」

傾いた夕陽が猟師の背に曼珠沙華の影を映していた。僕はほんのひと時だったが、女の子の幻の中にいた。

曼珠沙華の赤い炎の中に、女の子の寂しそうな笑顔が見えた。……

木の枝が作りだした影の中から、ウメは西に広がる日本海を眺めています。空に広がる薄紫色の雲は、まるでこの世のものでない、どこか遠い国の風景を見せていました。むろんウメは外国に行ったことも、生まれ育った土地から遠くへ離れたこともないのです。ウメの思いの中にある遠くとは、島根半島で最も遠い美保関くらいのものです。

手が届かない雲にウメは目を凝らしています。あの雲の下のどこかに行方知れない夫の与三郎さんがいるのではないか、あの雲の隙間から手を差し伸べ、こっちへおいでと言っているのではないかと思っているのです。

「与三郎さんは生きている。必ず……」

ウメの呟きが聞こえたような気がしました。そう思い続けることで、ウメは生きる喜びや希望を棄てないことだと考えているのです。それが、というよりもそれだけが生きる支えです。雲の中から、目の前に広がる海の中から夫の与三郎が呼びかけてくるはずなのですから……。

ウメは雲の下に広がる青い海原を見つめ、ふっと自分が子どもの、それも三歳か四歳の頃だったはずなのですが、母の生家は坂浦です。祖母から聞いた話を思い出しました。

薄ぼんやりとした記憶の中にいる、その頃の祖母が幾つだったのか思い出せないのですがいつも思い出すたびに同じ顔を見せてくれる祖母でした。

名はタリといい、たぶん五十歳くらいだったのかもしれません。真っ白な髪を後ろで束ねていました。顔や手には深い皺があり、ごつごつしていたようにも思います。漁師の村に住んでいるのですから、それは当たり前のことだったのでしょう。

「ウメ。海の底にはの、何ともいえないきれいな世界があるんじゃと」

「うん、私もそう思う」

「そうかい、そりゃどんなところかね？」

「知らんわね、行ったことないもん」

「そうだよね、ほんならおばあちゃんが教えてやらかね」

「うん」

「昔、昔、そのまたずっと前の昔のことだがな」

そう言って話して聞かせたのです。

あのなぁ、昔のことだがのぉ。ここからずっと東の方へ行ったところに園てぇ村があっての。そこに太郎という若い男がおったそうな。そうじゃった太郎の家は浦島という名前だった。太郎は、ええ男での、それに大変な働き者じゃったと。毎日のように、園の村から海の見える佐香の浦まで歩いて漁をしに行ったんだと。園から佐香の海まで、そうだな佐香までは二里ばかりあって、えらい時間がかかるが太郎は足が強くて平気じゃったそうな。小伊津では魚を釣ったりワカメや貝を採ったりして持って帰るもんだから、親さん達はいつも喜んでおった。

ある日のことだった。太郎はいつものように釣り道具を持って佐香の海にでかけたんだよ。どうしたことか、その日はたいそうな魚が釣れて、いつもより早く家に帰ろうと急いでおった。浜辺を歩いていると、岩の陰で大勢の子ども達が何やら騒いでいたんじゃと。

「お前らちゃ、何しとうかや」

　太郎は近寄って行った。だどもの、子どもらは浜辺に打ち上げられた亀を見ながら、わいわいと話しているので、太郎が聞いても聞こえんのじゃ。

「亀の背中に、ほしぇほしぇ虫が、がいにふっついちょうがぁ」

「どけしたことだいしらんが、亀は弱っちょだねか」

　子ども達が言っていることを聞いた太郎は言った。

「どげんなっちょうか、ちょっと、おらに見せてごしないや」

　太郎は子ども達の間から亀の近づいてよくよく見た。すると、亀の体に、黒いつぶのような虫が気持ちが悪いほど、びっしりと食い込んでいたとね。

「こらぁ、いけんわ。なげちょくと、亀がござってしまうで」

　虫のせいなのだろうが、もう亀は半

分死にかけとるんだわ。そこで太郎は、子ども達に、「おらにまかせっしゃい」と言った。

「おっちゃんが、ええぐあいにしてごしなぁなら……」

「おまえらちゃ、だれんもええこだの」と言いながら、太郎は魚籠から魚や貝を出してやったんだ。

「わぁい、おっちゃん、だんだん、だんだん」

子ども達はよろこんで言ったが、誰も帰ろうとはせずに、太郎が亀の世話をするのをじっと見ていたんだとね。太郎は亀についている黒い変な虫を指でつまみ、摩りながら一所懸命に取ろうとしているけど、一つ一つ、つまんでのことだから大変だ。へばりついてるからなかなかなかなか思うようにいかない。とうとう太郎の指の先から真っ赤な血が出てきた。

今度は太郎は木切れで、こさげるようにするが、ぬるぬるした虫が亀の手や足のあちこちにもへばりついちょる。太郎は一所懸命に虫を取っているもんだから、体中が汗だらけになってしまった。

「おっちゃん、えらいことないかね」

子ども達が心配して、声を掛けるが太郎は、

「うんにゃ、だいじょうぶだわいな」

と顔の汗を手拭いで拭きながら答える。

やっと亀の体から全部の虫が取れたんだと。そんで亀は元気を取り戻したんじゃ。

「ああ、亀さん、よかったなぁ、よかったなぁ」

太郎も子ども達も一緒に叫んだんじゃ。

「さぁ、まめになったけん、亀さん、海へ帰えらっしゃい」

太郎が言うと、亀の目から、一粒の涙が落ちたそうな。亀が泳ぎ出すと、太郎も子ども達の誰もが、手を振って見送ったんだと。亀は首を振りながら、沖へ沖へと泳ぎ、そうして深い深い海の中に戻って行ったそうな。

それから何日かして、太郎は漁をしに佐香の海へやって来て、いつものように貝やワカメを取ったり釣りをしていたんだ。ところが、海の底から突然にあの亀が現れて、太郎に言ったそうな。

「浦島さん、このあいだは、たすけてくださって、ありがとうございました。おかげで、わたしは命びろいをしました。お礼に浦島さんを海の底にあるふしぎな国の竜宮城へおつれして、たくさんのお礼をしますので」

「えっ、不思議の国？　竜宮城？」

「はい、どうぞわたしの背中に乗ってください。お願いがあります。腰にぶら下げておられる手拭いで、めかくしをしてください」

正直な太郎は、亀の言うとおりにして背中に乗ったんじゃ。そんで、太郎が背中から落ちないように、亀はゆっくりゆっくり泳いで海の底へ底へと行き始めた。ワカメやアラメが揺らぐ海草の林を通り抜け、岩の間を通り、更に深い深いところへ行ったんじゃ。

「さぁ、つきましたよ。ここが竜宮城です。浦島さん」

太郎が手拭いを取って周りを見回すと、そこには不思議な光がきらきらと輝き、なんともいいようもない美しい音楽が流れていたんだそうな。魚たちに案内されて行くと、生まれて初めて見る、きれいで美しい門があり、その奥に同じような立派な御殿があったそうな。太郎は、恐る恐る中へ入った。

　すると、まるで天女のような美しい女の人が現れて出迎えてくれた。それはの、竜宮城の主にあたる乙姫さんだったそうな。着物はきれいだし、それに乙姫さんからは今まで匂(にお)ったことのないような、いい香りがしたそうな。

「このあいだは、亀をお助けくださり、ありがとうございました。どうか、ごゆっくりして楽しんでくださいませ」

　鈴が鳴るような声に、太郎はうっとりとなってしまったんじゃよ。次から次へと、これまで食べたことのないようなご馳走が出て、何とも言えないような美味しいお酒もどんどんと運ばれたんじゃと。それに、魚達がゆらゆらと揺れるように踊る姿を見て太郎はうっとりとしてしまったそうな。乙姫さんは、きれいな声で歌を歌って聞かせてくれる。太郎も踊りたくなったんだよ。

「お礼に、わすにもふとつ、おどらせてごしない」

　太郎が園の村に昔から伝わる〝青獅子舞〟を踊ると、乙姫さんや魚達は、その踊りの見事さに驚いたんだよ。そうして、毎日のように楽しくしている間に長い長い、それもとてもじゃない長い月日が過ぎて行ったんだよ。

　ある日のことだったね、太郎は、ふっと、朝日が昇って陽がくれぇまで、働き続けている、おとうやおかあの顔が、浮かんできたんだ。おらだって、山に行っては竈に焚く木を切って、畑を耕してくらしておった。老いたおとうやおかあのことをなんで早く気がつかんだったかいなと太おちに郎は思ったそうだ。

「なんと、乙姫さん。この二、三日、えらいほどのごっつおうになったども、そろそろ、かえらんといけんやなですがな」

乙姫さんは、おべた顔して言いなったんだげな。

「浦島さん、どうかそんなこと言わないで、帰らないでください」

乙姫さんは涙を出いて、頼まれたけども、太郎はいったん帰ると思ったらどうしても帰らんといけんやな気がさっしゃったわね。乙姫さん、何度も何度も頼んだども、太郎は聞かんとね。

「仕方がありません。そんなら、この玉手箱をお土産にさしあげます。これを持っていたら、いつかお会いできますからね。でもね、決して蓋を開けてはなりません。いいでね、ぜったいに開けちゃだ

めですよ」

太郎は玉手箱を両手で抱え、連れてきてくれた亀の背中に乗って帰ることになったんじゃと。だいぶん長い間、亀の背中に乗っていた太郎は、園の村の浜辺に着いたと思ったら、そこは隠岐の島だったとね。そんで、また亀の背中に乗せてもらい、やっと魚釣りをしとった亀に乗せてもらった佐香の浦へ戻ったそうな。太郎は、園の村へ向かって、かけって行ったげな。村は、ここだことはおもっただが、その辺りにいる人は知らん村人ばかりで、太郎は変な気がしたげな。

「浦島太郎つうしを知っちょうなぁか」

年寄りの男の人に尋ねたげな。そげしたら、年寄りがえらいことを言ったんだわ。

「そげいわ、百年だったかいな二百年ほどだったか昔に、浦島太郎つぅしがおらっしゃったしこだが、どこだい沖のほへ行かっしゃったて、戻られんだったたてやな話があったて言われちょうがねぇ」

太郎はおべて、顔が真っ青になったげな。

「お前さん、なんだい訳のわからんこと言っちょうなぁねぇ」

年寄りは、おかしなことを言うなと変な顔をして逃げえやに太郎から離れたとね。そおで、太郎はおべて我が家のあったほうへ行くと、よう知っとった、こまい松の木があったが、がいになっちょって、またまたおべたとや。そおに、もう家はなんなって、草がぼうぼうに生えちょってどこがどこだい分からんだったげな。

「そげかぁ。竜宮城で二、三日おったと思っちょったが、何百年もたったただかや」

太郎はやっと気がついたとね。

「おっとうぉ、おっかぁぁぁぁ」

何辺も大きゃん声だいたども、誰んも何だい返事もなかったと。太郎は玉手箱をもらったことを思い出したんだね。乙姫さんに会いたいと太郎は思ったんだよ。「これを持っていたら、いつかお会いできますからね」と、乙姫さんは言わっしゃっただけん。だども、蓋をあけぇといけんでと乙姫さんが言ったとを太郎は忘れちょった。

玉手箱を開けぇと、箱ん中には白毛が一本入っちょったげな。白毛を見ちょうおちに、太郎の髪の毛も髭も真っ白になったとね。

それからまた何百年たってしまったがね。太郎の家は、なんなんったども、そおから代々続いとぉ家があってな、ウメも知っとぉやに、一畑さんの山が見えとこにあぁわね。


祖母の話を思い出したウメは、自分が浦島太郎になったような気がしました。二百年も三百年も、そのまたあとも何百年も経ったのです。浦島太郎が過ごした竜宮城も日本海にあるのです。与三郎もいつか必ず浦島太郎のように、一緒にいた我が家に戻ってくるのです。

「でも、浦島さんのようにお爺さんになって欲しくないわ」と呟きながらふっと浮かびそうになった笑いを払いのけ、「与三郎さん、ずっと待ってますから必ず帰ってくださいね」と、誰もいないのを幸いに海へ向かって叫びながら、流れ出たひと筋の涙を小指で拭い取りました。夕暮れが近くなりました。西の空は、燃える巨大な海のようです。急がなくはなりません。峠から真っ直ぐに下へ降りると坂浦の港です。ウメは肩で大きな息を一つして足を踏み出しました。

ウメは海辺にしゃがみ、夕陽に輝きながら寄せてきた金色の小さな波を汲みました。

「ほんとに綺麗な汐だわ。でも、急がないと……」

高台に向かって来た道を辿る道が二つに分かれている所まで来ました。左手の高いところに神社が見えます。ウメはどちらへ行こうかと首を傾げました。

影の私は知っています。高台にあるのは鞆前神社で、右手の山道を行けば立石神社なのです。石が立つと書くことから、その神社の名が付けられたのかもしれません。社殿はありませんが、三つの大きな石があり、注連縄が張られているのは、五穀豊穣を祈り雨乞いもします。氏子の中には、立石の姓があります。近くには、多伎比古命が産湯を使われたという虹ヶ滝、母子神を祀る宿努神社、神奈備山とも呼ばれる大船山もあり、まるで神話の舞台そのものです。

影の私は「もう今日は遅くなったから明日になさい」と囁きましたが、むろん声は聞こえませんがウメは立ち止まったままです。影の私の思いが伝わったかもしれません。

ウメはいま来た道を集落に向かって引き返します。今夜の宿を探さなくてはなりませんが、小さな集落に宿があるのだろうかと思いながら小さな路地に入ります。

海の方から風呂敷包みを手にした小柄なお婆さんがやって来ました。

「あ、巡礼さん」

声を掛けてくれました。

「巡礼さんだね。どげさっしゃったかね？」

「ありがとうございます。汐汲みに来たんですが、お参りは止めてどこかで泊まろうと思ってます」

「うん……」と言いながら、お婆さんは細い目を暫く閉じていました。

「でも、ここには宿はありゃしませんがな」

「……」

「だども、うちで泊めてあげますがね」

「お宿をなさってるんですか？」

「いんや、でもいいわね。狭くて汚いとこだども、それにわたしゃ一人だけん、うちに泊まってお参りは明日にさっしゃい。うちはね、巡礼さんはよく泊まらっしゃぁけん。遠慮さんでもええが」

「すみません。ありがとうございます。ご迷惑かもしれせんが、お世話にならせてください」

「そうそう、出雲の石神さんを探しておられる歴史学者という偉い先生が、三日、泊めて欲しいと来らっしゃったで。その賄（まかな）いものを平田で仕入れて帰るところじゃよ。連れが出来てちょうどいいあんばいだがね」

　ふと、ウメは馬車曳きの学さんではないかと思いました。自分の顔が赤らむのが分かります。学さんであってほしい。馬車で迎えに来てくれたのではないか。義父の計らいで私を迎えに来てくれたのかもしれないと小さく呟いてみました。

　ウメは七浦を巡った疲れを忘れて速足になりました。

「巡礼さん、こっちの道よりこっちが近道じゃけん、ついてごだっしゃい」

と言い、道端に落ちている木を拾いました。

「この木を握っておらっしゃい、引っ張ってあげるけん、ゆっくりと歩くけんね、そうでも、早かったら言わっしゃい」

陽が沈んで夕闇が迫っています。お婆さんはウメの足に合わせるかのようにゆっくりと歩いていました。親切なお婆さんに出会えてよかったと、ウメは安心しました。

ウメは一畑寺から四十二浦巡礼に旅立ったあの日のことを、懐かしく思い出しています。

ウメは一晩休んだら、鞆前神社にお参りするはずです。人の情けというものはありがたいものです。そして、今夜、ウメはお婆さんからいい話を聞くはずだと影の私は思ったのです。

あとがき

『島根半島四十二浦巡り万葉花旅日記』の第Ⅰ巻を上梓したのは、平成二十四年六月のことでした。続いてⅡを出し、平成二十五年十二月にⅢを出版しましたが、次の四冊目がなかなか書けません。この物語は四十二浦を七浦ずつに分けて書いていることから、最後のⅥで完結するシリーズなのです。Ⅳ巻は陸上競技の駅伝競走でいえば、折り返し地点になります。

なぜ折り返しまで行かないかと考えてみれば、三冊までを懸命に書いたせいで、その反動、というかやっと半分まで来たという安心感のせいでもあるかもしれません。

『島根半島四十二浦巡り万葉花旅日記』の主人公は「ウメ」という薄幸な女性です。なんとしても四十二浦全てを巡礼する旅は成就させなければなりません。それはウメと同様に、書き手である私の願いでもあります。

三冊目を出してからのほぼ三年半ばかりの間、私は煩悶と模索の日々を繰り返し、長い長い時を経て、区切りのよい平成三十年十二月に折り返しに到達しました。主人公のウメはよく耐えて待ってくれましたし、私も同様です。そして平成三十一年の年初めから残る十四の浦に向けて旅立ちをすることができ、ウメと私は手を取り合って喜んだのです。小説の主人公は作者と一体です。作者である私も、ウメと共に全六冊の完結に向かって出発をするのです。

この四冊目の書き出しは「旅立ち」です。ウメと書き手の新しい出発の願いを込めています。そのあとに「佐太神社」を入れ、「片句」、「手結」、「恵曇」、「古浦」、「魚瀬」、「伊野」、「坂浦」

の七浦が続きます。

佐太神社もそうですが、各浦の中ではたとえば魚瀬浦にもウメの足跡を彩る物語を入れました。いわゆる作中作ともいえる「夜光虫」という短いお話を載せています。むろん『島根半島四十二浦巡り万葉花旅日記』は小説ですから「夜光虫」も物語であり、登場人物も虚構に生きています、虚構とはいえ物語の背景になる魚瀬には、かつて大野小学校の分校があったというのは事実なのです。いかに小説が作りごとであっても、史実は正確に書かねばなりません。

分校について、古い大野郷土誌には書いてあるのですが、一般の歴史書には掲載から削られる対象になるでしょう。そういうことからいえば小さな事実、どうでもよいと思われる内容であっても正確な記録を書き残しておくことは大事なことだと私は信じています。魚瀬集落に住んでおられる人達にとって、地域に学校があった事実は消してはならないことなのです。魚瀬浦に限らず全てというわけではありませんが、ウメが綴る旅日記のどの浦にも私はそんな思いも込めて書いてきました。そうすることで、ウメの巡礼が厚みを増すと思うからです。

第四冊目を出してもウメの物語は終わりません。私は書き続けます。それが私の生きる糧だからです。

平成三十年十二月

原　美代子

原　美代子（はら　みよこ）

昭和16（1941）年生まれ。
出雲市西代町在住。

著書
短編創作集スプリング・エフェメラノレ（平成15年）
わたしの風土記（平成16年）
一畑沿線ものがたり（平成20年）
島根半島四十二浦七浦巡り万葉花旅日記
　（福浦～笹子編）（平成24年）
島根半島四十二浦七浦巡り万葉花旅日記
　（片江～瀬崎編）II（平成平成25年）
島根半島四十二浦七浦巡り万葉花旅日記
　（沖泊～御津編）Ⅲ（平成25年）
神々に出会う四十二浦（平成28年）

万葉花旅日記　I（福浦～笹子編）

万葉花旅日記　II（片江～瀬崎編）

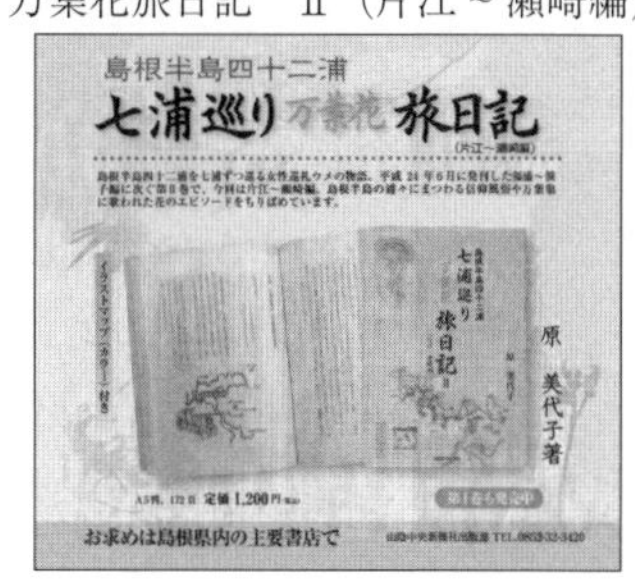

万葉花旅日記　Ⅲ（沖泊～御津編）

島根半島四十二浦
七浦巡り万葉花旅日記Ⅳ（片句～坂浦編）

平成30（2018）年12月20日　初版発行

著　　者　原　美代子
発 行 所　山陰中央新報社
〒690-8668　松江市殿町383
電話　0852-32-3420（出版部）
印刷・製本　株式会社 報　光　社

ISBN978-4-87903-222-5 C0093 ¥1200E